時光皺褶

——東行詩集

皺褶有兩個方向
　一個是物質平面
　　一個是世界在靈魂中的皺褶

　　　　　　——德勒茲（Gilles Deleuze）

雲與山的邀約　日本河口湖 2020.2

台南福爾摩莎國際詩歌節／詩人李魁賢
森井香衣與賴清德市長合影 2015.9.2

台南福爾摩莎國際詩歌節／武道館
內山本柳舞 2015.9.3

燒烤魷魚　屏東縣潮州國小操場
2022.8

屏東縣泰武鄉聖誕節2012.12.24

台南福爾摩莎國際詩歌節 2015.9.6

淡水福爾摩莎國際詩歌節紅毛城合影
2016.9.3

淡水福爾摩莎國際詩歌節 2017.9.22

岩手縣陸前高田市奇蹟之松
2017.7

潮州三角公園　茄苳瘤舞
2022.12.2

松島與海貓鳥 2017.7

島越站宮澤賢治詩碑 2017.7

浪江町高原站高原之歌 2017.7

母親的日日草 2012.12.24

記憶門扉 1973

「含笑詩叢」總序／含笑含義

叢書策劃／李魁賢

含笑最美，起自內心的喜悅，形之於外，具有動人的感染力。蒙娜麗莎之美、之吸引人，在於含笑默默，蘊藉深情。

含笑最容易聯想到含笑花，幼時常住淡水鄉下，庭院有一欉含笑花，每天清晨花開，藏在葉間，不顯露，徐風吹來，幽香四播。祖母在打掃庭院時，會摘一兩朵，插在髮髻，整日香伴。

及長，偶讀禪宗著名公案，迦葉尊者拈花含笑，隱示彼此間心領神會，思意相通，啟人深思體會，何需言詮。

詩，不外如此這般！詩之美，在於矜持、含蓄，而不喜形於色。歡喜藏在內心，以靈氣散發，輻射透入讀者心裡，達成感性傳遞。

詩，也像含笑花，常隱藏在葉下，清晨播送香氣，引人探尋，芬芳何處。然而花含笑自在，不在乎誰在探尋，目的何在，真心假意，各隨自然，自適自如，無故意，無顧忌。

詩，亦深涵禪意，端在頓悟，不需說三道四，言在意中，意在象中，象在若隱若現的含笑之中。

含笑詩叢為臺灣女詩人作品集匯，各具特色，而共通點在

於其人其詩，含笑不喧，深情有意，款款動人。

【含笑詩叢】策畫與命名的含義區區在此，幸而能獲得女詩人呼應，特此含笑致意、致謝！同時感謝秀威識貨相挺，讓含笑花詩香四溢！

台湾作家・東行の詩の世界

岡﨑郁子（吉備国際大学特任教授）

　東行は天性の詩人である。この度彼女が『風鈴季歌』『果物之詩』に続き、第3冊目となる詩集『時光皺褶』を上梓した。

　第1冊目の『風鈴季歌』（2007年）の詩には、題名となっている「風鈴」からも、また東行という筆名からも日本に留学していた頃の想いが感じられる。風鈴の起源は約2,000年前の中国の占風鐸であり、それで吉凶を占ったという。それを日本の留学僧が日本に持ち帰り、厄除けの目的で青銅製の風鐸を寺の仏堂の四隅に吊るした。今では風鈴と言えば日本の夏の風物詩で、湿気が多くじっとりと汗のにじむ夏の昼下がり、風鈴の音色に微かな風を感じ、爽やかな涼しの風情を想うのだ。「下雨寫詩」の中に「雨が降るから詩を書くのか、詩を書くから雨が降るのか」という言葉が出てくる。東行にとっての風鈴は、1行でも1篇でも詩を書くことに他ならない。東行の詩にも「紫陽花」「魔女の宅急便」「年中無休」「冬物語」「宮崎駿」「東京」「安田女子大学」など日本語が点在する。勉学に明け暮れる日本での苦しく味気ない

日々、その中でも風鈴のような存在の台湾を想い、人を恋い、精いっぱいの青春を生きて詩を綴った。「想你」「念（一）」「観鐵達尼號」「背影」「在遙遠的星球」「視窗」「瞳」には、心に永遠に生き続ける人の面影を偲ぶ。「原爆塔」では広島の原爆に想いを馳せ、「雙親」に父と母を想う。

　第2冊目の『水果之詩』（2012年）では、東行の詩は一変する。私は『水果之詩』に序文を寄せた。その中に「南国の台湾の果物は女そのもの、いや、女の人生そのものだ。乙女のほのかな憧れ、諦め、恨み、絶望感、それでも燃え上がる一途な恋心、といった1人の女の人生を覗いてしまった後ろめたさが読後に残る」と書いた。50篇の詩を日本語に訳しているが直訳ではなく、まるで100篇の詩を仕上げているような感覚を覚える。

　台湾の果物を描きながら、台湾の歴史やそこに住む人々に対する東行の深遠な憂いや想いを垣間見ることができる。そして彼女自身の人生に向かい合う覚悟も見える。普段は物静かで我慢強く、好奇心・勉学心に溢れているが、『水果之詩』の中の彼女は自由奔放で情熱的だ。否、それが本来の彼女の姿なのかもしれない。台湾の歴史そのものが彼女と重なる。何百年ものあいだ、常に外来政権に蹂躙され、苦しみを味わってきた。それでも人々は忍耐し続けて、その笑顔はあくまで明るい。自らの歴史や民族に対する自尊心は決して捨

てない。そこに逞しさを感ずる。東行の不屈の魂が詩となって我々の前に現われている。

　そして第3冊目の『時光皺褶』（2023年）が出版の運びとなった。東行は詩人として多作ではない。だが、それ故にこの10年で思索もますます深まり集大成の様を呈している。題名の『時光皺褶』について東行は、フランスの哲学者ジル・ドゥルーズ（Gilles Deleuze）の「皺褶有兩個方向、一個是物質平面、一個是世界在靈魂中的皺褶」を引いている。世界の霊魂の中に存在する「皺褶」とは、単なる皺或いは褶曲ではなく、「ねじれ」「歪み」或いは「分岐点」と言い換えることができるのではないかと私は考える。コロナ禍あり、ロシアのウクライナ侵略あり、時代はいま正に激動の中にあり、且つ分岐点に差しかかっている。そんな中で詩人が詠うべきものは何であろうか。『時光皺褶』で東行は、自分の心の声を大事にして内面を深く掘り下げてゆくのはもちろんのこと、小さな存在の自分ではあっても世界に向かって発信してゆくのが使命だと思っているような気がする。

　身近な草花や樹々や季節の移ろいにはもちろん心を動かされ、自然を謳歌して感謝する。花1輪にも雨の雫にも人を想って涙する。何十年も前に他界した姉、事故死した最愛の弟、父の病と死、家族への愛情が人一倍強かった東行の深い悲しみが読者の胸を打つ。だからこそ「幸福的感覚」で何気ない母の日常を、かけがえのない大切なものとして描

いて見せた。それはやがて身近なものに限らず、イギリスの
ダイアナ元妃の死を悼み、東行が尊敬して止まない台湾文学
の先達である黄霊芝や杜潘芳格、また友人への哀悼のことば
へと昇華してゆく。2011年日本で起きた未曾有の災害である
東日本大震災の地へも数年後に旅をしている。家屋やすべて
のものが流されて跡形もない陸前高田市で、たった1本残っ
た奇跡の松にも想いを馳せて詩を残し、極貧の中で生涯を終
えた宮沢賢治の詩碑を前に東行は熟考する。日本だけではな
い、世界の各地で起きた大型の台風やハリケーンなどで甚大
な被害を受けたことにも心を寄せている。他人事ではないと
の心情が東行の中には常にあるのだ。

　また、人として最も守るべきもの、それは人権であると
の想いから、許昭栄に詩を捧げている。台湾籍老兵の遺族
に対して誠意を示さない政府に抗議して、馬英九が総統に
就任した2008年5月20日その日に、許昭栄は焼身自殺をし
た。東行は深い悲しみと憤りに満ちた詩を残している。元
は台湾籍日本兵と呼ばれ、太平洋戦争の際に日本政府から
駆り出された軍人・軍属であり、日本のために戦い戦死し
た多くの台湾の人々である。戦後、台湾はすでに日本では
ないとの見解から、日本政府は日本兵と同等の補償を台湾
の人々にはしなかった。そして中華民国政府も一貫して見
て見ぬふりをしてきた。

　本書の中で東行は俳句を何句か披露している。黄霊芝は、

「台北俳句会」を戦後より半世紀以上も主催を続けてきた台湾を代表する俳人である。中国には、漢字を五七五と並べて漢俳と称する俳句があるが、黄霊芝は漢字を17文字も並べては内容が多すぎると反対している。漢字で俳句を詠む場合は、7~12文字に収めるべきとの持論を展開しているが、東行もそれに倣う俳句を作っている。

　巻五では、台南及び淡水で行われたフォルモサ国際詩歌節についての日程と行事が詳細に綴られている。全島の詩人が一堂に会する様子は誠に壮観である。

　コロナ禍が世界を覆ったこの3年、東行はマスク生活を強いられる日常を皮肉を込めて詩に綴っている。世界規模での紛争やコロナ禍が収束した後の世界がどうなるか、否、収束しないのか、詩人は何を描くのか、台湾を代表する詩人の1人である東行に訊ねてみたいものである。

台灣作家東行詩之世界

岡﨑郁子（吉備國際大學特任教授）　文

張月環　迻譯

　　東行是天生詩人。此次出版《時光皺褶》是繼《風鈴季歌》、《水果之詩》之後的第三本詩集。

　　第一本詩集《風鈴季歌》（2007年），從成為書名「風鈴」之元素以及東行的筆名來看，都讓人感受到當年留日的情懷。風鈴源自於約2000年前中國的占風鐸，原為占卜吉凶的道具，日本留學僧人將其帶回日本，並將青銅製之風鐸懸掛在寺廟佛堂四個角落用以辟邪。今天，風鈴在日本是夏天時令季節詩的象徵，在潮濕多汗的夏日午後，風鈴的鈴聲讓人聯想到微風拂面，清爽的風情。〈下雨寫詩〉中有一句話：「下雨寫詩／寫詩下雨」對東行而言，風鈴無非就是寫詩，無論是一行還是一首。《風鈴季歌》的詩中點綴著〈紫陽花〉、〈魔女宅急便〉、〈全年無休〉、〈冬物語〉、〈宮崎駿〉、〈東京〉、〈安田女子大學〉等日文詞彙。在日本留學苦澀沉悶的日子裡，想起了風鈴般的台灣、親朋好友，盡情揮灑青春寫詩。〈想你〉、〈念（一）〉、〈觀鐵達尼號〉、〈背

影〉、〈在遙遠的星球〉、〈視窗〉、〈瞳〉等詩刻畫出心
中永遠的身影。〈原爆塔〉裡紀念廣島原子彈爆炸事件，在
〈雙親〉中，寫出對父母的思念。

第二本詩集《水果之詩》（2012年），東行的詩一改全
貌。我在《水果之詩》的序文中，曾這麼寫道：「屬於南國台
灣水果女流之輩的情懷，不，應該說是女者之人生。讀了這本
詩集，一點愧疚感不禁油然而生。因為我窺覷了一位女性的
人生——少女朦朦朧朧的憧憬、諦觀、怨恨、絕望感，即使如
此仍一心一意地燃燒著火焰的熱情。」這五十首詩被譯成日
語，但並非是直譯，於是彷彿有百首詩的感覺。在描寫台灣
水果的同時，可以窺見東行對台灣歷史和居民的深刻憂慮與情
感，以及面對自己人生的決心。平常是安靜、耐心、好奇心
強、好學的她，在《水果之詩》裡，表現出自由奔放、熱情洋
溢的一面。不，這或許才是她真實的一面。台灣的歷史與她
自身重疊。數百年來，台灣被外來政權踐踏，備嘗苦難與辛
酸。即使如此人們仍堅持不懈，他們的笑容始終是開朗明亮
的，絕不放棄自己的歷史及民族自尊。這其間感受到他們那股
堅忍不拔的毅力。東行那種不屈的靈魂以詩的形式呈現在我們
眼前。

接著第三本詩集《時光皺褶》（2023年）出版。東行並
非多產詩人。然而，這也是經過十年來的思索、不斷深化且
呈現集大成的樣貌。書名為《時光皺褶》的東行，是引用法
國哲學家德勒茲（Gilles Deleuze）的話語：「皺褶有兩個方

向，一個是物質平面，一個是世界在靈魂中的皺褶」。世界
在靈魂中存在的皺褶，並非只有皺或褶曲，個人認為也可以
解釋為「扭曲」「變形」或者是「分歧點」。隨著武漢肺炎
（COVID-19）的災禍，俄羅斯侵略烏克蘭，我們正處於一個
動盪不安、分歧點的時代，詩人如何吟詠呢？《時光皺褶》的
東行，不僅重視自己的心聲，在其挖掘內心深處，似乎可以感
受到作者即使是身為一個渺小的存在人物，向世界發聲依然是
自己的使命。

我們對身邊周遭的花草樹木、季節更迭、嬗遞，當然會心
有所感，謳歌讚美並感謝大自然。目睹一朵花、一滴雨聯想起
親人而不禁淚流滿面。數十年前過世的姊姊、因事故而猝死心
愛的大弟、父親的病逝，對家人的愛比一般人都強烈的東行其
深沉悲傷打動了讀者。這也就是為什麼在〈幸福的感覺〉一詩
裡，把母親隨意、日常的生活視為不可替代的情事而珍惜著描
寫出來。這種感情並不局限於她身邊的事物，且昇華至對於英
國黛安娜王妃、所尊敬的台灣文學先驅黃靈芝、杜潘芳格，以
及對亡友的哀悼等。2011年日本發生前所未有的災害即東日本
大震災，數年後東行前往震災區。在房屋及所有一切都被沖走
得無痕跡的陸前高田市，面對僅存一株奇蹟的松樹，東行寄詩
抒懷；在赤貧中終其一生的宮澤賢治詩人的詩碑前，她沉思
著。不僅日本，對於世界各地發生大型颱風、颶風等造成巨大
損失的人們也寄予關懷與擔憂。對她而言，這並非是他人之
事，這種感情一直存在於東行心中。

　　此外，她認為身為一個人最需要保護的是人權，所以她寫詩紀念許昭榮先生。為了抗議政府對台灣籍老兵遺族缺乏誠意，2008年5月20日在馬英九任職總統當日，許昭榮自焚身亡。東行寫了一首充滿悲憤的詩。原稱台灣籍日軍，太平洋戰爭期間日本政府派遣的軍人及軍職人員，許多為日本而戰、戰死的台灣人，戰後，日本政府並沒有像日軍一樣對台灣人給予同等的賠償，因為他們認為台灣不再是屬於日本的了。而中華民國政府對此始終視而不見。

　　東行在詩集中寫了幾首俳句。黃靈芝是代表台灣俳句的俳人，戰後他主持「台北俳句會」達半世紀以上。在中國，以漢字五七五排列稱之為俳句；但是黃靈芝認為以17個漢字排列，內容太多而反對。他提出一個理論，如要以漢字吟詠俳句的話，文字宜在7~12字內。東行也遵循這一理論創作俳句。

　　第五卷詳述了在台南和淡水舉行的福爾摩莎國際詩歌節的行程暨活動。島上各地的詩人齊聚一堂，可謂壯觀。

　　三年來，當新冠病毒席捲全球的時候，東行戲謔地寫了幾首詩，描述被迫戴面罩的日常生活。於此全球紛爭、新冠病毒之禍結束後，不，或許不會結束，世界將會呈現出什麼樣貌？想借問一下代表台灣詩人之一的東行，筆下將會描繪出什麼樣貌的世界來？

註：原文刊登於《鹽分地帶文學》104期（2023.5）此處略有刪修。

真摯的詩情
——序東行詩集《時光皺褶》

曾貴海（醫師 詩人）

學者或文學專業研究者寫詩或小說的人，並不多，不論是台灣或外國，因此她（他）們心中必然存有嚮往與想像，東行教授就是其中一位。

她在1987年留學日本岡山大學，皆攻日本文學。1997年第二度留學日本廣島的安田女子大學專攻日本近現代文學，又跟隨研究俳聖芭蕉的赤羽學教授，2001年取得博士學位，前後可以說她的文學教育在日本完成，也得到日本文學的滋蔭。但這本詩集內的詩，卻也受到中國古典文學語詞和經典的影響。回台後，曾任教屏科大、屏東大學等。

這本詩集《時光皺褶》是她的第三本詩集，這本詩集並非全是詩作，其中卷五是福爾摩莎詩歌節紀聞，她寫得非常詳細，我不予以評述。我想評讀的是卷一「驚蟄」，卷二「化為千風」，卷四「俳句小詩」及卷三「台南／淡水福爾莎國際詩歌節」。

她的開卷詩〈驚蟄〉是從四季流轉的春天開場，以驚蟄時光愉悅的心情展開了新春鮮活的感受：

天地彷彿重新開機　溪水潺潺倒影杏桃櫻緋
盎然流動的不止是日光迴轉
大地正以溫柔的厚度鋪展而來

　　這首詩融匯了地景、時間的流動及敘述者（作者）的通感。
　　卷二寫四季，四季的變化經常是音樂與文學的主題，卷一
特別鍾愛春夏。夏以火之祭典及天降雨水為主題，外溢到武漢
肺炎和颱風。雨水從天降落擦拭宇宙汙垢。她的詩在否定與陰
暗中，總是堅持正知及正念，這種心性貫穿了這本詩集及散文
紀事。人間是非多，「有我」者心中存有強烈的好惡、苦樂和
得失，但她內心世界的「我」比較淡定，一旦談到台灣這土地
和歷史的苦難，她卻展現堅韌的心態，如〈讀春〉和〈茄苳瘤
舞〉中寫著：

不管青春歲月如何　守護這塊土地我責無旁貸

　　卷二題為「化為千風」，寫親人及詩友，台灣大地與台灣
情。其中悼念黃靈芝與杜潘芳格的詩，流露出毫不做作的真
情，情歸詩人與大地台灣：

園地不能只有一色
這土地不是只歸屬人類的　卻要靠人類去維護

……
您倆化為雨露　朝夕仍伴隨這塊土地
換我們守護您倆　以詩以歌以聲音

　　在卷二的文本中滿溢台灣人的哀愁及希望。在卷二中有幾首控訴外來殖民者的殘暴，如〈人權素描〉，這首詩是回應詩人如嬰的詩作〈台灣奮起之歌〉，當然也受到如嬰的影響。

　　憤怒只因情深　情深只因無法切割這塊土地因她而生而死而復甦

　　她寫了好幾首親人老病死的作品，其中〈記憶門扉〉，感人至深。她直寫或側寫姊妹情，姊姊的青春美麗以及人生的磨難，心中的深情像記憶之門，詩就像在開門關門之間，流露美好又哀傷的時光皺褶，也如無止盡的波濤，湧起記憶的浪花。她也書寫台灣志士的離世，間接表達了台灣人追求公平正義的心聲與行動。
　　卷三及卷五全部聚焦在台南和淡水國際詩歌節的詩人群像，詩與詩人的交會，詩歌的朗誦與地景的描繪，可以說是國際詩歌的集錦相簿，也是詳實的日誌。
　　評讀或欣賞東行女士的作品，偶爾會因文字的過長及堆疊，使讀者有點壓力，但細讀幾遍，將被她那強烈的感性及台灣情所感動，她以詩替台灣留下自己生命史中的印記，也為這

個時代的追求公平正義的人事物作見證，展現風格即人格，更
確切的說是風格即性格的創作本質。

　　期待她在詩的道路上，一直往前走，守護不熄滅的黎明。

耕夢者東行

李若鶯（學者 詩人）

　　和東行的交誼，有二十年了。她是個跨文類創作者，小說、散文、詩，皆所擅長，還能寫政論。在我和林佛兒承辦台南市文化局發行的《鹽分地帶文學》雙月刊十一年間，她是雜誌目錄經常出現的作者。她在屏東某大學任教，住潮州，文壇前輩陳冠學先生在世時，我和林佛兒常去新埤探望他，有時東行也一起去。透過東行安排，我們參觀了她詩寫的媲美嘉南大圳工程的二峰圳，也造訪了羅妹號的相關史蹟，都是難得的經驗，難忘的記憶。

　　這是東行的第三本詩集，作品最早的是1997年作者在日本廣島聽聞英國黛安娜王妃惡耗而寫的〈殘夏最後的火花〉，到2022年以俄烏戰爭為題材的〈與惡／俄的距離〉、〈烏克蘭　我們能為你做什麼〉，和寫世界杯足賽結局的俳句小詩：「梅西與西羅　腳底命運各不同」，今年初諷喻美中角力新情勢的一句詩：「國軍新任務　射氣球」；時間跨度很大，橫越二十餘年，但由這幾首詩的內容，可以觀知，作者關注世事、反映時事的心態始終如一。

　　在詩的園地裡，詩人種下自己的植株，每一植株都有著詩人獨特的DNA，東行詩的獨特印記，首先是題材的強烈現實感，並且廣用數據增強詩的記載性。寫實記實，留下生命的足印，記錄人與時空交會所迸現的思想感情，抒寫尋夢的履跡和作為，是東行詩篇內容的大宗。她用文字摹繪生活周遭的樹木、天象，用文字剪影故世的親友、崇仰的烈士，用文字批判不公不義的人禍！她的行旅，她參與的活動……她的詩，就是她活色生香的人生！讀她的詩，有如翻閱一本扣人心弦的傳記，進入詩人切身經歷的人時地物之歷史場域。她貼近庶民群眾的生活，敏銳地捕捉日常、當下的各種感思，所以她的詩，絕不無病呻吟。她會把相關的數據編織在詩行裡，藉此留下事件比較完整的紀錄。如〈颱風四首〉，對於風速、雨量、受影響的物價，都一一載明。再如〈二峰圳〉一詩，揭示工程期間是「1921年5月至1923年5月」，動用了「14萬人次」，經費「6至7億元」，明溝有「2582公尺」，暗渠有「450公尺」，管線總長「3436公尺」……每日出水「10萬噸」。這種留紀錄的現象，在本集卷三「台南／淡水福爾摩莎國際詩歌節」的詩作中表現至為明顯，幾乎每位出席的外國詩人，都留名在她的詩句中。這樣的材料的運用和浮現，應是詩人有意義的選擇。

　　東行詩的特色，還表現在語言的內斂溫厚。

　　一般反映社會現實的詩作，難免愛深責切，語言摩拳擦掌，但東行稟性溫厚，所以絕無戾氣的言語、尖刻的情緒。

例如描寫世紀病毒Covid-19的詩〈雨之語〉，諷喻舉世皆知源起中國，卻都又遮遮掩掩，但詩人的鞭笞也只是結尾一句：「Covid-19是毒還是人心更毒？」再如〈走訪七子碑〉一詩，詩人感慨台灣文人熟悉建安七子，卻多數不知道影響台灣文學深遠的北門七子，但她也只是就事論事地說：「建安七子　北門七子孰輕孰重？／／文化無可比較　失去的是一分尊嚴一分自信」。她的責備是一種有溫度的責備，她對黑暗的揭發是一種遠方照見光亮的揭發。她詩語言的風情，可以用她〈驚蟄〉的詩語來形容：「大地正以溫柔的厚度鋪展而來」，一種大地的寬厚，一種女性特有的婉約。

　　東行擅於形象化的書寫，化虛為實，喚起讀者的想像和共鳴的情感。

　　開卷幾首描寫樹木的詩，或藉樹寓思寄情，或以樹串聯歷史文化；作為主體的樹，都栩栩描摩，各有各的姿采。例如〈茄冬瘤舞〉：「我不老　只是逐漸凋零在你的記憶裡」，以樹映人，帶出土地的記憶、時代的移換；寫樹，也寫了樹所見證的歷史，紀錄了在這塊土地來來往往的部族。再如〈挑戰〉，以「隱藏於黎明之前黑暗總經典打造長夜」，譬喻運動選手在揚名立萬前長期的困頓訓練；以「縱使焚身也走過福爾摩莎沙土飛揚粒粒道真實」，禮敬選手們堅定的為國爭光的意志。〈回憶與你在天空下的日子〉是一首哀悼同事亡逝的詩，末了一句「鐘擺的滴答靜寂無聲」，既有「滴答」，就不是「無聲」，詩人藉著語義的矛盾，傳達在靜寂中，只有回憶

迴響在腦海，如鐘擺規律反覆不會止息。東行的悼亡詩寫得很好，亡者的生前、和詩人的關係與交誼、詩人的繫念，縮合在短短詩行中，淡淡的語言卻透顯深沉的哀傷。〈生病的父親〉是一首散文詩，刻繪了一個經歷存在風霜的清癯老者，蘊蓄著濃密的家庭與父女親情，詩末這句「爸坐在竹籐椅上深思，尖削細長的臉，絕壁。」「絕壁」二字是細膩觀察後精準投射的語言，鉅力萬鈞；父親的形象如雕塑般鮮明，篇幅有限，思念無限。有如在並不寬闊的前庭種植的一棵高聳的松木，一定會被看見！

東行在〈筆祭〉一詩，透露曾經徘徊在買地築夢，幾經思考，決定筆耕才是她的究竟之夢。她說：「我的筆多采多姿 書寫夢想盡芯盡力／／買一畝地　在樹周圍將你們種植成筆椿／／繽紛色彩無須抹飾墳塚」。於是詩人將夢「轉換在我心田耕耘　不佔空間」。何等自信何等深情！我近年已少寫詩了，看到老友與時俱進勤耕不輟，詩花燦開，真是佩服。祝福這位「有點灑脫有點浪漫有點不在乎」（〈挑戰〉詩語）的老友，筆鋒長青。

目　次

卷一　驚蟄

卷二　化為千風

卷三　台南／淡水福爾摩莎國際詩歌節

卷四　俳句‧小詩

卷五　福爾摩莎國際詩歌節紀聞

卷一　驚蟄

驚蟄

輕輕地　怕驚醒蚯蚓睡眠漫步在這寧靜小徑

踩在濕軟的泥土上　聆聽

只想歸納內心紛亂的糾結

冥思自然愜意寫生

有風　徐徐拂來夾雜著操場奔馳的腳步

跳躍枝頭的麻雀啁啾對話　燕子軟語掠過樹梢

黑板樹沙沙作響　伴隨椰葉窸窸窣窣地舞動顫音

遠處傳來鵝群呱呱　嘹亮了空氣節拍

雲漸白皙　樹影漸長漸蓊鬱

天地彷彿重新開機　溪水潺潺倒影杏桃櫻緋

盎然流動的不止是日光迴轉

大地正以溫柔的厚度鋪展而來

於這驚蟄三月

《大紀元》2019.3.26

讀春

麻雀的啾啾　摩托車聲響
假日的操場　始終不寂寞
天空沒了潑墨　也非全然湛藍
耙梳陽光　一縷縷暖意上身窺探的土撥鼠

閱讀風之聲
融合冰雪的言語　有時滲肌膚抖顫
畢竟冬仍不遠卻已非焦距
櫻與杏花往後紫藤陸續登場的流雲靜觀話題八卦
夜將更短陽光逐漸炙熱　春只是開端
嫩葉重上枝頭　青草悄然蔓延土壤
閱讀春意耕耘心田想像下回波動攪亂靜脈的循環中
蘊藏的骨底有多深厚

《中華日報》2018.4.23

木棉樹

如獨行俠挺立於天地間

枝椏掛起串串風鈴　隨風飄揚

彷彿向藍空白雲兜售葫蘆糖

鳥來仔糖　鳥來仔糖

來一串附送一支

橙紅再轉鮮紅如血般的木棉花朵勾起往事　不堪回首

遙記1871年11月初　一行琉球藩民船難輾轉至Kuskus

許是語言不通猜忌因由而起　夜晚的逃離引來殺機

54人就此身首離異　12人遇救回朝

想這Kuskus路上風聲鶴唳　草木皆兵

爭執　憤恨　恐懼　殺戮　回想歷史是人性最深奧難懂的書

誰能預知當下埋藏了1874牡丹社事件阿祿古滅族危機？

台灣的命運亦從此改寫　如回歸當初愛與和平是否能免一戰？

疑慮猜忌總是以立方的倍數盤據腦中元素糾結難以抽解

血淚的教訓需幾代才能冰釋　豁然開朗？

喜見2005台灣沖繩子孫和解　這一步走了百年多

145年後大和解　宮古島祀以三味線　箏　笛　太鼓

魂兮歸來尚饗故鄉典祭膜拜
一香柱祈願皇天后土大地為證我等子民盼永世和平

屹立在牡丹鄉Kuskus國小的木棉樹　英雄樹
是否典藏那一段傷心物語而拚命高昂生長？
等待春曉木棉仍不忘情迎向天地奔向陽光
再創一個新生一個奇蹟逆旅時空
因哀慟而更包容更寬廣一趟異次元之旅

鳥來仔糖　鳥來仔糖
來一串附送一支

註：「鳥來仔糖」為台語。

牡丹鄉高士（Kuskus）國小木棉樹

茄苳瘤舞

話說三百年前物語

馬卡道族力力社可也頻繁來往吧？

以物換物的年代想雜草叢生或鳥獸橫行？

百年後潮庄起家　過客落土

我新嫩的綠仰望過客說是潮庄

瘤在我身上刻劃成長不全是喜悅

背負生命的記錄需要堅忍

一步一步地　看盡朝代更迭　悲歡離合

賣麵　擺攤　挑扁擔　坐牛　騎馬　人來人往

老少皆在我樹跤歇憩庇蔭或東南西北開講

Na wawa sun　呷飽未？安久好嗎　こんにちは　你好　儂好

拼盤五音七色縱牙牙兒語只要來坐　我屈膝歡迎

府街郡鎮？歷史痕跡烙印現在標識進行式　未來如何？

不管青春歲月何如　守護這塊土地我責無旁貸

時光荏苒　驀然回首千禧已飛越20

妖嬈曼枝露出豐滿貴妃體態

我的生日說是6月12日

載歌載舞婆娑於悠揚音樂鼓簧聲中

敘說我的物語也是屬於你的故事

道不盡人生甘苦一如俺樹瘤無法一一細數

日子還長　才過一次生日而已

我不老　只是逐漸凋零在你的記憶裡

甦醒　趁此刻還我姿容存檔FB雲端再現芸芸眾生

潮州三角公園　茄苳瘤舞2022.12.2

猢猻樹

透早天半邊仍昏黑
人便三三兩兩　精神抖擻大步小步甚或跑步
猢猻樹底　拳打腳踢　刀劍棍棒　或舞或動
揭幕一天的來臨

來自非洲早已在潮庄定根
如象鼻勾勒伸長要水　水　水
但，免驚　這兒水源豐派　勿須擔心不足日夜存水胖如桶
只是颱風到來難免驚心膽跳　猶記莫拉克　杜鵑來襲
狂風暴雨　斷枝掃葉　花容失色不少
最美的時節往往也是最擔憂的時節

一月二月禿頭是必要的　為了迎接另一個新生
轉換一輪榮枯相隨　生機總在枯枝中
巨眼俯視人間春去秋來逆旅樹樹輪迴
枯葉亦舞繁茂加倍奉還
500年？　5000年？
回首當年神社不再已近百年

昔日沼澤鷺鷥過客此景已成追憶
年年鳥鳴歲歲鳥不同
即是人約黃昏　半夜或視為魑魅魍魎

天地如戲　無恙便是福
清晨一聲　〈早安〉
化解千萬疑慮生息自此展開

潮州公園猢猻樹　　　　　　猢猻樹

阿勃勒

那彷彿是黃金迎賓舞曲　於三號公路一路送迎
灑下瓣瓣串連視窗　五月竟是如此輝煌燦爛
讓母親節有最美的夢幻　離情可也如此浪漫
恬恬故鄉亮麗眩眼　只因阿勃勒款襬裙舞
緊接鳳凰花開再添話別一樁　欸　年華似水
人漸老漸遠漸模糊　親友零落寒暄漸稀薄
但願明年依舊阿伯依舊母親依舊
年年阿勃勒　遍灑金黃天地情

三號高速公路　阿勃勒

魔樹餐旅

萬年塵土供我百代揮霍　饗宴大地的排場都不需預約
時光只是紀錄物語　生息死亡不曾消逝轉化能量運作無窮
巨細靡遺　皆是傳奇
蟬　蟋蟀搜索細脈　逍遙空間　刺蝟飽足了樹皮葉片
麋鹿悠閒細嚼嫩枝　金花鼠　松鼠大啖堅果享受有機營養午餐
甲蟲　啄木鳥你追我躲　狐狸偶爾徘徊巡視
雲雀閉目禪修　苔蘚黴菌默默勤耕地盤

風輕雲淡　巨石盤據　不食煙火的只供背景陽光遮影寫生
也有驟間丕變　含著變調音響奏起黃昏之歌
蜘蛛佈起八卦之網　低懸雨滴化為夢幻水晶　閃爍垂死之蛾
騷動生命　無關殘忍與悲憫　千年如此　剎那亦如是
燃燒一季的生命須用盡多少能量？
覓食　謀食　掠食　本能智慧值多少斤兩
飛鷹盤旋棲息　貓頭與蛇互纏　蝙蝠蜥蜴白目靜觀
晚宴無須限時　注文無量靠自己挖掘也需一點運氣
豐派美食或餐風宿露連結一生賞味期限
以汁為酒以葉為杯誰說天下無不散筵席這裡夜夜笙歌

輾轉周期　舞台更迭　混合光氧　枝上細胞成地下養分

繽紛落葉由枯槁轉黑轉稠轉沃土

灌頂成禿枝舞弄枝椏流轉獵戶

土撥鼠脈搏由雙轉單位跳動　毛蟲蜷曲昆蟲於繭蟄伏安眠

等待山毛櫸長出紫銅色鱗苞　藿香薊嫩葉正委婉

草菇蕈精靈色澤難掩羞澀氣息　土馬騌的刺菌於薄霧中亦點綴生意

鼓動蟾蜍氣囊　蚯蚓也脫腆覥蠢蠢欲出

葉面露珠抖顫　風移轉方位　搖擺生物大時鐘

頂蓋自呈蔥鬱隱密與稀疏交錯

隨興所至如原味不假修飾

知更鳥黃鸝為爭落腳高亢啼鳴

移棲再搬入或巢中有了新住民

門戶雖不一一報備打拚各憑本事

日出日落光環的輪迴萬年如一

我餐飲之旅年中無休　只要不倒

無限供應挑戰你無止盡的欲望與需求

鳳凰花開

沙沙豆莢鼓來自南方熱情火焰之聲，我於是鮮豔。描繪一個花都，我曾奔騰，填滿天空每一格舞妝畫面。

起舞，趁夏之初春尚未遠離呼喚夢境迴旋於午夜，馬達加斯加的物語應響一陣喧嘩；我不慣寂寞，風如帆游竄椰葉，撩人姿影。遠方升起家鄉的月，牧歌悠揚，化轉菁菁校樹，蟬聲如雨。

雨停於午后金黃，夢倘佯於夏日長廊；揮霍著熾熱青春，我吞喫天上虹彩。讓靈魂深處，梵谷的普羅旺斯，繼續燃燒。

《鹽分地帶文學》104期　2023.5

椰子的滋味

清泉流入　藍天　綠眼
且注我　一雨的沁涼
雪花片片　乳白椰果
切成一碗碗的
Q

颱風四首

海棠南太平洋半島悲歌

飛躍逆時針的羅盤　來自海天煙囪　來自塵世間的風暴

西北西　西北　東　一層層迴旋打轉　伴隨貿易風起落上升

我在島上閱讀我的思想　鵝鑾鼻是我努力方向的燈塔

瞬間17級陣風的舞姿　裙角一撩

尾寮山1009毫米單日降雨量竟可媲美陽明山

我高亢一曲　讚美著撒旦如同讚美聖歌

翱翔在天空有如行走於地上

車城鄉199縣道　人車前進在溪水落石中

滿州200縣路土石與坑洞齊飛

楓橋已柔腸寸斷　彼端傳來聲聲呼喊我的身價

一根蔥30元　一顆蛋15元　一顆花菜300元

來自土地的悲歌　人性無奈底販賣　我窺伺島嶼如同省視青春

開打地球的柵欄　為蹂躪美麗發出怒吼

這天空已黑白不分　暗夜與黎明也只是一線之隔

狂舞漫步　掀起大浪吞噬著雲湧　讓佳洛水的巨岩因我而飲泣嗚咽

徘徊墾丁半島彷若搖籃推手　在太平洋裡搖搖晃晃

花神　象神　女神　不過是阿拉伯數字^(註1)的代號

旋風　碧瑤風　大旋風　颶風^(註2)不管怎麼命名都少不了一個瘋字

存在於我的生命　也只爆發剎那呻吟——屬於地球 e 嘆息

叮叮咚咚　咚咚叮叮　不斷地敲響我底記憶

依稀記得天國樂園七個迴廊撒下玫瑰雲彩的物語

美麗島嶼升起的奇蹟　陽光灑落海上如鏡片散佈閃爍綴點珍珠

昏黃落日是伊底眼簾睫角最深沉的一瞥　眷戀著海洋之子航行歸來

彷彿昨日披起婚紗嫁娘　芙蓉出水叮噹

纖纖如月婀娜搖曳椰林也笙歌耍舞　一夕的狂歡

開啟島嶼記憶需重新上鎖破脆的帆牆片段

非關密碼晶片　遊走的思維於透明朝日下　俯拾皆是

當島嶼視窗模糊之際　我將再起網住南太平洋一隅　橫行瓊、黃麻林間　宣洩一季的浪潮　於仲夏夜之夢

註：
（註1）2005年7月中旬的海棠為颱風5號。
（註2）颱風另有一些名稱：在孟加拉灣及北印度洋叫「旋風」，在菲律
　　　賓稱「碧瑤風」，澳洲為「大旋風」，北大西洋及中美洲西海岸
　　　叫「颶風」。

《台灣文學評論》第7卷第4期　2007.10

麥德姆夏雨

麥德姆過後　飽滿低垂的雲團仍徘徊在屋上
遲遲不肯離去
七級風力算啥　走走停停　停停走走
嚇嚇　夏夏　下下雨於午後茶盞間
鬱金跳躍柏油磚瓦　招牌觀眾群集
一場水舞秀熱絡開展　免費的
將乾冰飄灑　煙霧騰騰來一段山地草舞
夏夏不再夏夏
鬱金跳躍轉為五線譜曲
灰濛天空上　偶爾雷公霹靂發霆
「免驚，免驚。」屋內媽的手按撫稚女胸口
「免驚！免驚！」稚女附和著，睜大雙眼。
望望路邊豬母草（Purslane）　迎風迎雨媽紅嫩黃正消暑

註：2014年7月23日麥德姆（Matmo）撲台，北部無啥影響，賺到1天颱
　　風假。

《中華日報》2016.10.12

莫蘭蒂颱風

風夾雨如浪潮
一波波襲來
以每小時18公里最大風速每秒51公尺
最大瞬間陣風63公尺
朝西北前進
沒有電視的夜晚　並不寂寞
風雨猛敲屋頂　門窗
她怕寂寞
拚命想進屋

註：2016年9月12日至15日莫蘭蒂（Meranti）颱風甚強，據報導全台超過
　　72萬戶停水、110萬戶停電，台南超過兩千棵樹被吹倒。

《中華日報》2016.12.16

梅姬胖颱風

9月26日你的魅力出現在頭版新聞上　是姬的輩分 e
不用花廣告費大家紛紛談論你的來臨
翌日媒體具體公佈了你的個資
說6年前在菲律賓闖蕩的英勇事蹟
此番要全台都拜在你底裙襬下
每小時以21公里速度向西北西前進
近中心最大風速達每秒43公尺
瞬間最大風速53公尺　比起莫蘭蒂師姐這算啥
危險半圓莫大潛力可施展你魔法無邊

27日夜　歷史會記載這一頁
風狂雨量橫掃千軍如萬馬奔騰
太平洋雨量破千毫米梧棲蘇澳17級風
大車小車步步驚忧目傷心魂斷裙兮
逾336萬戶停電　土石崩塌滾滾泥流橫行家宅
老街成威尼斯　烏來孤島又一樁

在尚未成勞、軍公教共識放假的教師節
你打破禁忌堵眾人之口　一颱兩假
卻未能削弱網路威力假假有本難念經
但聞鄰國篤姬顯赫功績你梅姬真是沒績
高麗菜一顆200元九層塔一斤88
餐桌上半隻雞都比你強
梅姬梅姬應難忘　期盼下回有新機
無論胖瘦　疼惜家園Formosa度危機化轉機

註：2016年的梅姬颱風，英文名稱Megi。

《中華日報》2016.10.12

雲與山的邀約
──記河口湖景──

因風的催促尚未化好妝來便急急上路
層次的列隊說是棉絮朵朵魚鱗嫁紗也齊來一抹
冰雪皚皚千年之約依舊潔白如初
湖只是印證天與地雲與山與風一如往昔不須言語
訊息來自光　明暗焦距氣溫是否剛好
捲起的身影高度迎向並肩的對等　縱然漂泊
有風　屹立不搖的等待這一刻只有一剎
奔向一個約會與神與靈　藍空將不再只是藍空
深湛的遠方近如咫尺　如煙似幻

《大紀元》2020.4

夏祭

雲是最佳舞者　挑動一季的青春火焰欲融
解化風凍存現實　寄語仲夏夜之夢應不遠
我歌狂舞　太清醒未來走向　這天地遊客不止一人
任擷取一片桂冠　揮霍的不只是感情　以年華供祭
夏之后必有秋割點收一季耕耘　儲藏
非關數據　彈指可化千年　如地球不毀　林依舊茂密如森
這相對世界美麗不會消失　甚至在單行的軌道上金星　火星間
浩瀚星空　唯我典歌夏祭　生命因此沉澱歸隱月光魅影中

《鹽分地帶文學》104期　2023.5

雨之語

宏觀的不止只有我　踏著鬱金香的腳步

隨著彩雲颱風的身影　企圖嘗試擦拭這宇宙汙垢

Covid-19的強勢　莫非是佛地魔（Voldemort）的顯世？

變異的魔法無非也為生存

英國　印度　越南　南非

都可以光明稱呼　獨源頭是不可說的祕密

無意掀底牌　只是人之常情　隱密只怕洩漏更多訊息

我且降下七天七夜來個水淹金山寺　怕病毒不死反倒中傷我

笑傲江湖的功力　毀於一旦

我來　灌溉了田野解除荒旱

我去　收藏了耕耘者的眼淚留下了歡呼

叮叮咚咚叮叮咚咚　節奏簡單卻不單調屬於我的樂章

可以呼喚梅雨按時節總有一個亮麗的名字要不都叫時雨

雖不在意亂了排序　但有人在意我就顧慮

只是暴雨通常只有一個聲響　扣人心弦的滴答似乎軟弱

是的　看魔棒揮向哪章節交叉錯綜原本自然

自自然然周遊人間無掛亦無礙　端看人心如何運轉

Covid-19是毒還是人心更毒？

《大紀元》2021.6.22

二峰圳物語

來自荒谷塵土礫石
　　高山森林精靈的呼喚
　　瓦魯斯溪與來社溪谷匯流交會的衝擊
那發源於南大武山西南麓的林邊溪有了質樸的藍金
山高谷深造就的落差增強底功力　迴旋的逆溯宛若交響曲
我潺潺連綿　亙古常新

只是那麼的一個巧思　山水風土加上鳥居信平　原住民一群人
打通了溪邊任督二脈　所謂「春冬苦旱　夏秋苦潦」的荒廢之地
就此成了歷史名詞
1921年5月至1923年5月　於來義橋下開啟了集水廊道堰堤工法誕生
14萬人次的動工近乎6至7億元的花費　我很平凡我的誕生卻不平凡
總括堰體結構　一個梯形堰體　拱形隧道外加進水塔暨半圓形集
水暗渠　截取伏流溪水　遇山沿山　隧道導水　砌石明溝2.582公
尺　壓力暗渠450公尺　自堰體至萬隆農場分水工引水管線總長
3.436公尺[註1]

天雨滾滾混濁溪水　經我天然河床砂礫　枝葉過濾長距離輸送淨化
搖身一變　純淨無塵蘊藏豐富礦物水質　物語從此展開
屬於我的履歷述說不盡　浩浩蕩蕩成績斐然
種植的甘蔗由每甲15.590公斤增產至3倍　5倍　7倍
原本68甲的耕種範圍擴增至800甲以上
砂糖由年產量360萬噸擴至17倍高峰[註2]
成千上萬的人雨露均霑　我淙淙而流不舍晝夜
每日出水10萬噸百年如1日[註3]

2022年7月23日大暑之日
於Siljevavav森林公園眾人在慶祝我百年誕辰
「謝謝你，二峰圳」他們說：「Maljimalji,Masalu」
鳥居與頭目Patadaru Arusagaru簽約的第三代子孫　嫡孫鳥居徹與
邏發尼耀家族也齊聚一堂　再續祖父輩似水情緣　牽絆的如久美
子書寫識水柔情
佳賓如雲鼓瑟吹笙　唱說前生今世　天上地下塵土轉折若有似無
明暗二峰圳道　地下水人工補注湖　七十二變仍歸一宗水到渠成
順水造好代

我化身為汽泡水　香檬艾爾啤酒　豆油伯　鳥居豆腐乳　鮮菓子
珍珠等
任何裝扮　都不失為純樸本色縱使小英總統為我加冕　印證台日
情誼
一路伴隨近半世紀的丁教授想跌跌撞撞的日子甘苦共嘗彷若彈指
一夢
是的　歷經疏濬工程重車進出之裸露　莫拉克颱風周邊侵襲2017
年的停水
那些顛沛困頓時期也是滋潤我成長的養分　再有百年
風華依舊本色恰如小葉桃花心木　纖細花瓣朵朵晶瑩剔透散發樸
質無垢
我仍是我　感謝有你　一期一會見證百年傳承

註：
（註1）數據資料詳見丁澈士著〈山中傳奇與水的牽絆—二峰圳〉61~65
　　　頁，https://ssur.cc/mnGBuVha6。
（註2）宋怡蒽等撰文《夢想之河 再現屏東平原水圳文化》屏東縣政府
　　　出版，2009.1，81~82頁。
（註3）同注1，65頁。

燒烤鯨魚

18:40如火山噴出岩漿　滾沸

燒烤一隻龐大鯨魚

半邊天空都是爐火　火正旺

燒烤的顏色上身已成灰藍　鯨頭仍深度紺藍

不易煮爛　若海豚之眼依舊萌典

火紅轉橙漸次紫　這道料理視覺不只5D

想像非常律師伴車齊飛畫面

或與魔女跨帚橫衝也是經典

19:20仍是無法烤焦　火勢漸弱

大鯨漸被分解　在尚未端盤上桌晚餐前

於潮州國小操場　2022.8

卷二　化為千風

化為千風　護阮家園
——記許昭榮自焚事件——

5月21日您的噩耗傳來
我把您的事說給媽聽
媽用日語罵了一句「馬鹿」　她跟您一樣同姓許
小您二歲　歷經喪子喪女之痛　但尚未喪失對台灣的信心

6月7日在追思教堂　蔡英文說在還沒認識您的時代您竟以這種方式訣別
咱很不捨　陳菊市長的聲音有著哽咽　許多人低頭泣不成聲　會有人對您的告別沾沾自喜嗎？少了您　少了一個對頭　「台籍戰士紀念碑」遷走或增設「八二三炮戰戰魂」沒了爭議　這世界多安靜！

錯亂的時代　錯亂的歷史　令咱煎熬的是咱怎不錯亂還要忍受多久的等待？
等待正義的來臨　還要付出多少的代價？

一頁燒成木炭的頭顱　很難想像3月6日您在池上文庫對我微笑的點頭

門脇朝秀一行人來台尋夢　有夢最美　一起打拚夢更美　那天您
臉紅潤
跨過文庫門檻的腳步還硬朗得很　我匆匆跟您打著招呼　沒算計
那是最後一次
心悸　心慟只因看過您的紅潤　竟無法適應那一頁焦炭的角色

在追思會上我任淚水滾滾而流　少了一個同志多了一分辛酸
您的腳步　阮只能跟進不能後退　這段老兵血淚史不會燒盡
望您庇佑　化為千風　護阮家園Formosa

註：許昭榮烈士因抗議中華民國政府對台籍老兵暨遺族不聞不問，選擇
　　國民黨馬英九就任總統日2008年5月20日自焚身亡。

2008.初秋　潮州

《台灣文學評論》第8卷第4期　2008.10

Turn into a thousand winds, protect our homeland
一Memorial to Xu Zhao- rong self-immolation一

21 May, your bad news arrived,
I told to mom about your news,
Mom swore in a word 'asshole'by Japanese, her family name is Xu,
the same with you
Mom is younger than you two years old, went through the pain that
the death of her son and daughter, but not despair to Taiwan.

7 June, in the church for memorial ceremony, Tsai Ing-wen said
that you farewell in this way, we are so sad and unbearable, mayor
Chen Chu's voice choked, many people tears down, would someone
complacent to your farewell? Without you, the Government reduced
one enemy. There is no controversy of'The monument of Taiwanese
soldiers' removed or added 'Warrior Soul of the 1958 Taiwan Strait
Crisis'. How quiet this world!

Confused time, confused history, we suffered for no deadline to wait
justice, how many have to pay for waiting justice?

The head burned to charcoal in one page. 6 March, it is hard to image that
you have been smiled at me in Dr. Ikegami Ichiro Memorial Library.

Kadowaki Asahide with a group of people came to Taiwan to dream, dream is the most beautiful thing, the dream that working hard together is also beautiful.the day your face blushed.You blushed at crossed the threshold of the library's footsteps is tough, I hurried to say hello with you, did not expect that is the last time.

Throbbing, heartache just because saw your rosy cheeks, actually unable to adapt the role of the coke in one page.
My tears rolling down in the memorial ceremony, less a comrade, get larger bitter.
Your footsteps, what I can do is only follow, can not turn back, this veteran tragic history does not to be incinerated.
Hope you bless us, turn into a thousand winds to protect our homeland Formosa.

Early autumn 2008, Chaozhou
Poetry Road Between Two Hemispheres《兩半球詩路》2017.10

Notes:
Xu Zhao- rong was a Taiwanese veteran. He made choice of self-burning at 20 May 2008, KMT Ma Ying-jeou took his oath as president of ROC, to protest that ROC government never care about and take care of the Taiwanese veterans and their family.

Translated by Ms. Huang Wan-chun（英譯者為黃琬珺）

Conviértase en Mil Vientos, Proteja Nuestra Patria

—Conmemorativo a Xu Zhao-rong lo mismo, inmolación—

El 21 mayo, las noticias malas llegaron,
yo le dije a la mamá sobre sus noticias,
la mamá juró en una palabra ´asshole´ por japonés,
su nombre familiar es Xu, el mismo que usted.

La mamá es dos años más joven que usted;viejo,
pasó por el dolor de la muerte de su hijo e hija,
pero no la desesperación de Taiwán.

El 7 junio, en la iglesia para la ceremonia conmemorativa,
a Tsai Ing-wen dijo que usted daría un adiós de esta manera,
nosotros estamos tan tristes e insufribles,
el alcalde que ahogó la voz de Chen Chu,
muchas lágrimas de las personas de abajo.

¿Habría a alguien satisfecho de sí mismo con su adiós?
sin usted, el gobbierno redujo a un enemigo.
¡No hay controversia, agregó,
alejado del monumento a soldados Taiwaneses
el alma del guerrero de 1958, redujo la crisis de Taiwán.
¡Cómo ha callado este mundo!

¿El tiempo confundido de la historia desconcertada,
que nosotros sufrimos para ninguma fecha topada,
para esperar la justicia,
¿Cuánto tiene que pagar para la justicia que espera?
La cabeza quemó la leña para el carbón de una página.

6 marzo, es dura la imagen, usted se ha reído de mí
en la Biblioteca Conmemorativa Dr. Ikegami Ichiro,
Kadowaki Asahide, con un grupo de personas,
vino a Taiwán para soñar, el sueño es la cosa más bonita,
trabajando juntos el sueño duro también es bonito,
el día que su cara se ruborizó.
Usted se ruborizó y cruzó el umbral de los pasos de la biblioteca
Es duro, me apresuré para decirle hola, usted, no esperó esa
última vez.

Latiendo, de dolor, el corazón
sólo porque vio sus mejillas rosadas,
realmente incapaz para adaptar el papel de loco en una página.

Mis lágrimas rodaron en la ceremonia conmemorativa,
menos amargo camarada, póngase más grande,
siga sus pasos sólo, es lo que yo puedo hacer,
no puede retroceder,
es lo que hace esta trágica y veterana historia para no ser
incinerada.
Espere, usted nos bendice,
conviértase en mil vientos para proteger nuestra patria Formosa.

Poetry Road Between Two Hemispheres《兩半球詩路》
2017.10

Notes:
Xu Zhao-rong era un Taiwanés veterano. A él se le hizo un selecto
reconocimiento por lo que hizo en el incendio del 20 de mayo del 2008 de
mayo, KMT Ma Ying-jeou tomó su juramento como presidente de ROC, pero
nunca reclamó a ese gobierno de ROC el cuidado y protección de los veteranos
Taiwanés y su familia.

人權素描
──讀如嬰〈台灣奮起之歌〉──

五月過後 藍天綠地的分界驟然揭曉

黎明與暗夜原本只是自然景觀 無關呼吸現象

總要等到空氣吸盡才驚覺缺氧 那灰白地帶該如何喚醒意識不再
迷失

黑夜逐步逼近 火燒夕陽是紅是血瀕臨國境之南 太平洋因洶湧
而絢爛

午夜夢迴 尋找點滅螢光竟是火花片片 高舉盾牌的背後毀了正
義之劍

尾隨神隱少女那空白臉底僵行 赫然出現畫面說出隊伍行列

天地不仁以萬物為芻狗 時光倒退30年百年千年

而這一刻映入 e 底眼簾化轉野杜鵑草莓奮而蕾開展瞬間於永恆

憤怒只因情深 情深只因無法切割這塊土地因她而生而死而復甦

伊底靈魂 e 底世代該如何算計這一頁 生命輕重該如何詮釋歷史
秤斤兩道人權

註:如嬰之〈台灣奮起之歌〉刊登於《鹽分地帶文學》19期

《鹽分地帶文學》20期　2009.2

台灣奮起之歌

如嬰

當警棍高高舉起

打在我身上吧

讓我這終將毀朽的肉軀紋上榮譽的印記

打在我膝上吧

讓我為這塊別人假意舔吻的土地真正屈膝

打在我眼上吧

我寧願瞎了也不願再看那些卑奴無恥的嘴臉

打在我耳上吧

我寧願聾了也不願再聽那些奉承訛詐的言語

打在我鼻上吧

我願滾沸的熱血灑在苦難的島國開出一地野杜鵑

鑲著鋒利刀片的鐵欄一排又一排密密圍堵

不是為了防範匪徒而是為了破壞民主

不是為了伸張公義而是為了鉗制自由

雞爪釘散布在人車來往的道路

像毒草長在孩童嬉戲的公園

像食人魚出沒盛夏的游泳池

不是為了愛而是為了傷害

三步一哨五步一崗七步一團又一團武裝公安部隊
他們將盾牌高高舉起
不是為了抵擋匪徒而是了遮蔽照見他們醜態的陽光
不是為了捍衛國家而只是為喪權辱國的政客服務
盾牌高高擋住他們的胸
　　　那胸空洞沒有心臟
盾牌高高擋住他們的臉
　　　那臉空白沒有長相

他們將警棍高高舉起
我們把胸膛高高挺起
打！打在我們的心上吧
打出我們鬱積的熱血
打出我們隱藏的鬥志
打出我們台灣國家的深情吶喊！

註：2008年11月初，中國海峽兩岸關係協會會長陳雲林訪台，國民黨政
　　府以暴力壓制抗議民眾，甚至連持國旗都被禁止、奪走、拗折，實
　　為國家奇恥！（略）

2008/11/07晨

安息吧大地
——哀世權悼我弟兄——

8月3日凌晨從高雄榮總開往潮州的88路上
四周灰濛一片天空詭異得令人擔心
幽冥只在一時火焰紅蓮一線間

7月27日夜自你車禍不省人事以來
念想奇蹟不信真誠喚不回朝朝夜夜夜夜朝朝
溫熱掌心搓摩你冰冷腳底只為一口氣誦遍三千神佛願
塵埃受苦僅求苟且再發願祈予感應隨時現須彌之境
仍無了斷凡心但願我佛慈悲一分一秒皆生命
8月3日4:07時間記錄了你的終點我放手嚎啕痛哭
不想天人竟在此刻面對父母該如何交代？

奔馳回家路上遙望天際莫拉克颱風已悄然成形搖搖擺擺
搖搖擺擺自宜蘭東南東方海面向西轉西北西前進
一場人間浩劫跟隨風雨於是開展
8月7日我為弟傷痛不想人世五百生靈塗炭家毀村亡
殘酷地告訴父母至少我等幸運多了哀哀小林村霧峰鄉
好茶村之友何處是歸鄉？橋斷路斷滾滾洪流更甚人間車禍

天地不仁以萬物為芻狗殤我弟兄傷我父母這大地何等無情
9月1日巨蛋萬人迎達賴共誦般若波羅蜜多心經一切恩怨盡在呢喃
喜悅自在人心生息有待休養這地球只有一顆心卻千萬
安息吧大弟安息吧大地安息吧所有苦難心無罣礙究竟涅槃
佑我家人佑我福爾摩莎國境之南仍飄婆娑之舞於天明之後
祭起歌羅分優游塵剎化百千萬劫

《笠詩刊》273期　2009.10

退化

拍打再拍打　小腿血管如密宗變顯學

牡丹花開　瓣瓣筋脈可循梅花鹿斑駁痕跡

縱橫南北　匯集膝頭　淤紫淤黑　記載腳程曾履過千山萬水

葡萄加琴酒　紅酒泡洋蔥　膠原蛋白　檸檬酸鈣　液體固體融合

證實骨齡仍渴望恢復年華　再敲響踢踏舞的高跟歲月

關節卡卡　試溫一下　可以嗎？

一步一迴旋　我佛如是　穩當　何需計較失、得

一切肢體形骸終將成空　放下　放下　再放下

過程雖緩　有助潤滑彼岸天國再轉另一航程

飄揚與塵埃起伏　禪一下未來新生活

註：記醫生說膝蓋關節似退化之疑，有感而作。

《鹽分地帶文學》42期　2012.10

筆祭

我決定過簡單思考方式
讓你們落塵埃不再漂泊　命名夢土將未來存檔
畢竟忠於一個夢想負荷的不止是重量
握於指寸的不是只有描繪　且記住當下的溫度語青春
網住星辰縱橫曾屬於你們的天下輝煌歷史哎歷史
必須放下　學會放下　身段要低　儘管價碼不斐
握靈蛇之珠抱荊山之玉　華山論劍　呵！如今少了一筆又有誰知

翰墨辭藻　典論論文　遙想當年揮灑自如英姿煥發　筆筆筆
自動鉛筆　水墨鋼筆　中學書寫柳公權的毛筆　塗抹美術圖畫彩色筆
強調人體工學日本品牌多功能筆
行經奧地利寫起來感覺音符跳躍詩情畫風意境的琥珀色原子筆
我的筆多采多姿　書寫夢想盡芯盡力

買一畝地　在樹周圍將你們種植成筆樁
繽紛色彩無須抹飾墳塚
述說夢想讓眾筆鎖住暗黑紙箱一年又一年
堆棧角落　清靜不是我

計算過

買一塊農地一分200萬　愈等愈接近零拋物線

不再圍繞一個夢想過活　夢想唉夢想

我拋棄　決定拋棄

非關簡訊　mail打字　筆仍是筆

無可替代　當年華不再夢想成了累贅

轉換在我心田耕耘　不佔空間

《鹽分地帶文學》52期　2014.6

物語心靈
──禮納里部落巡禮──

時常渴望一個奇蹟出現證明奇蹟

非攸關梵谷出世　普羅旺斯的美不差這一塊油畫

只是有點寂寞　如果有那一點故事

鼓舞你繼續前行的燃燒底靈魂無須言語盛裝

說荊棘終將盛放白色的花朵　確信著　那是湧泉

肩井穴的痠麻提醒真實人生　即便自然餐宿

身為人　我完美出席

帶動元素　能量　一切色彩瞬間切換

夢是無限接軌　宇宙翱翔讓無聲滑行天河

汲取星空呢喃　舞出極光縱千年如一夜揮霍

翦接阿凡達花園　長驅如入無人之禁地

尋找神的落腳　兄弟(註1)身影

慰藉老邁父母　涕泗縱橫

歸宿千風朝露　仍雨斷肝腸

飄渺煙霧道出雲端深處鶴底蹤跡　不再跟進

任意窗若葛藤盤繞按鈕　思考如翅神隱航道　開啟視窗

閱讀　讓禪意緩緩經過滲透足下　魂魄

不思亦存在

飛魚以每秒15米的速度追逐夢幻

滑翔　優游夢境須靠想像盤旋珊瑚海馬之間

郵件掛號不到　通往隧道出口　藻草雜聚

回家的路徑無需記號　卻須花一點時間

潛入潘朵拉　讓灰白記憶昇起通關密碼　停格煙位

耀眼青春　擊破飛魚以0.05秒　奇蹟可以一再重播

摘取最亮星光　角逐不與塵埃漂浮

當夕陽臨界地平線沐浴昏黃波浪粼粼

伊亞　關山^(註2)　最美的角度緊繫心靈底琴弦　觸　動

屬於海的國度卻熟稔陸地方位　不都這樣嗎？

遍響風之言語告知大地之母　旅程仍須繼續

絕美　生命的花園存在於聖雷米精神療養院

故事的終結都演奏一個開始　而燃燒的靈魂

定位永恆的記憶該從何起頭　敘說一個物語

禮納里普羅旺斯　等待恩典的部落^(註3)默陌鄉間路

月光黯淡了些　對怒放的向日葵來說量度剛好

信仰無須通過死亡　抵達星辰唯繫信念的深淺
轉換空間層次　與樹梢對話談鳥蟲心事皆悅耳
翻山騰空浪潮多多少少　物語心靈何妨
歇腳再出發
遙向彼方夢土最遠的距離卻是最近的眺望

註：
（註1）1996年9月阿兄猝逝。2009年莫拉克颱風之前夕大弟於潮州台一
　　　線公路車禍去世。
（註2）2013年美國有線電視新聞網（CNN）網站，評選墾丁關山日落為
　　　世界12處觀賞落日美景之一。
（註3）2009年莫拉克八八風災，於瑪家農場，安置來自瑪家鄉瑪家村、
　　　三地門鄉大社村和霧台鄉好茶村等3個部落的排灣族居民，居民
　　　有感於對這塊居住地的認同，遂命名為「禮納里部落」，意為
　　　「等待恩典的地方」。詳見網站〈〔原鄉觀光〕屏東普羅旺斯－
　　　禮納里（Rinari）部落〉

《鹽分地帶文學》57期　2015.4

±2℃

　　家園的末日是如此數據表示，地球是否因此而生，而滅？明天過後，天空是否依舊蔚藍，大地依舊蒼綠？疑慮愈深愈焦慮不安，卻仍無法消除貪婪之欲。也許只要枕一肱，瓢一飲便可果腹，我計較五味官感，泡85℃玉露茶挑戰±2℃；思索作為氣候難民的一份子，該如何度過這場浩劫？

　　清茶即可，點玉露化為詩詞。大地反撲，只是合理宣洩。嘉義東石港·屏東林邊、東港·雲林麥寮，這些是多麼熟稔又陌生的地名，會毀於一個數據的轉變嗎？莫拉克不是唯一，屬於你我的家鄉卻是唯一。

　　±2℃，讓地球歸位，讓台灣回到原點；為大地喉舌，耕筆耙梳，永不停歇。

生病的父親

　　日益消瘦的身影如林之竹、燈之影，歲月逐漸淡忘。風行走在巷間，貓躡著腳尖，每一條路徑都指向家的方向。

　　歷經大正‧昭和‧民國‧千禧，生命的戳記，該如何擷取哪段片羽精華？

　　住院，不住院恕不負責。主治大夫無奈於老爸的堅持，只得由他。老了，哪堪半夜聽鄰床哀號？當然家中好。

　　於是掛急診，天天急診，點滴是飯，是菜。白血球一萬七千，高血脂，您該戒菸了。主治大夫眉頭緊蹙地說。

　　爸不語，回家，依舊一根菸。已八十多歲了，隨他去吧！媽說。

　　爸坐在竹籐椅上深思，尖削細長的臉，絕壁。

註：記父親去世（6.10）3週年忌日

《鹽分地帶文學》66期　2016.10

許是記憶深處

許是最深記憶　無言無語無夢相隨

夜是清　白如水　漸貼心頭

一點風　一點閒　一點涼

虛擬情境

虛擬一個情境　閱讀你的思想　馳聘於時空中
思維的符號植入念我　伊底密碼轉換海馬　上鎖著往事基因
午後夢迴海島　夕陽的橙綠淺紫微藍　依稀閃爍眼瞼凝望
最美底深處　零角度　沉默只因最愛　川流次元
回歸人間塵土　一腳步一點露　無聲無息無止境

《台灣時報》2007.10.11

挑戰
——夢與非夢——

他舉起腳就這麼一踢——夢的距離近在咫尺
六十年來的足球歷史和魔咒　都在此刻驚醒
這江山一腳已不再僅屬於伊涅斯塔^{（註1）}的部位
颳起的瘋狂熱潮讓地球都發燒

時間倒數以秒計時　也是一場硬戰
雙腳如風　球拍在空中跳躍起伏　草地上徘徊著你我的夢在旋轉
將手高高舉起　天上的爸　您看見沒？^{（註2）}　解析夢境的言語竟
是如此單純
奮力一桿　LPGA的三隻小鳥因妮子^{（註3）}念力在梅園裡無處可遁
沒有柏忌（Bogey）哪來博蒂（Birdie）喝采？18坑洞來回的青春
也曾摸索、徬徨
這穹蒼有太多航道　夢星球夾雜塵埃黑子磁暴
需要一點方位　撥開雲霧　隱藏於黎明之前黑暗總經典打造長夜
等待夢之呼出　或許只是一場PK大戰　傳奇就此開始
每段訴說物語的階梯　距離夢境如解碼般苦鬥難纏
堅持　堅持　心靈與身軀拔河到底沒？　還要拉嗎？

攝取生命鏡頭可有對等焦距
箭靶該如何算計弓把彎曲的弧度？

摘星　摘夢　摘滿一池皺紋　回頭怕夢也只是一場夢
有夢最美　最美是夢　可以交集嗎？
數十寒暑也只泡沫　何妨無樂不作　黃粱一覺醒時如何說辭
舍利子也需火燒身　浴火劫後重生的不止是鳳凰
需要燃燒只因暗夜太久吞噬心靈怕已麻痺不能麻痺
縱使焚身也走過福爾摩莎沙土飛揚粒粒道真實

註：
（註1）伊涅斯塔即Andrés Iniesta Luján，西班牙職業足球員，世界足壇
　　　最佳中場巨星之一。
（註2）記2010年6月29日，盧彥勳在溫布頓網球錦標賽男單16強戰中，
　　　擊敗對手前世界球王羅迪克（Andy Roddick），進入男子單打八
　　　強；當時興奮指天對父親之言語。
（註3）職業高爾夫選手曾雅妮。

《詩情海陸》2016年淡水福爾摩莎國際詩歌節　　2016.9

Challenge: dream and non-dream

He raised his foot on such a kick-the distance of dream is so close
Six decades of football history and the anathema, all awakened at this
moment
This great foot no longer belongs only to Iniesta[*]
The great mass fervor made earth in a fever

Counting down time in seconds is also a hard battle
Feet like wind, the racket jumps up and down in the air
our dreams linger on the grass, raise hands highly, Father on heaven,
do you see that?[**]Analytical dream could be so simple
Spare no effort to a club, because Ya-ni's[***]telekines that three birds of LPGA
in Plum Park is nowhere to hide, without boyge, how birdie to get cheer?
Youth that make a round trip of 18 holes was ever groped and hesitated
A lot of channels in firmament, dream that planet included sunspot
magnetic storms needs a little orientation, push aside cloud,
darkness is always to create a classic night before dawn quietly
Waiting for the dream, maybe just a PK competition, legend just begins
Each story telling ladder, approaching the dream is difficulty as decoding
Insist, insist, mind and body whether tug of war? Still fight?
Photograph the life whether has focus or not
How can target to calculate the curved arc of bow?

Reach for the Star and dream, pick a pool full with wrinkles
afraid that dream just a dream if turn back it's wonderful to dream, the
most beautiful things is dream, can occur simultaneously
Decades feel like foam bubble, why not do something happy
How to demonstrate rhetorically when wake up
Relic also needs to burn by fire, rising from the ashes not just Phoenix
Needs to burn just because the long night but devoured soul
couldn't afraid of paralysis anymore
It's true track that even burning body but also went striving
through the sand of Formosa

1. Andrés Iniesta Luján is a Spanish professional footballer and one of the best
   midfielders in world football.
2. On June 29, 2010, Lu Yan-xun defeated former world champion Andy
   Roddick in the men's singles round of 16 at the Wimbledon Tennis
   Championships and entered the men's singles quarterfinals. At that time, he
   excitedly pointed to the sky and spoke to his father.
3. Professional golfer Zeng Ya-ni.

《Poetry Feeling in Sea and land》Formosa International Poery
Festival in Tamsui,Taiwan,2016-9

Translated by Ms. Huang Wan-chun（英譯者為黃琬珺）

那夜　我在屏東燈會

那夜　我在屏東燈會
想像一個奇蹟如何發生　串聯人間天上
星星紛紛墜落　悠走大武山群聖光寶石流竄霓虹繽紛
眾神列位　穿越記憶軌道　萬年溪水掀起奇幻漂流　七彩水幕旋
轉水果萬花筒
攀過山丘　光翱翔於糖果城堡嬉戲蒲公英　舞起水上煙火　愉悅
大鵬灣獨秀巨鮪來富　這夢幻島孕育無邊錦繡典藏傳奇與傳承

紫紋水母珊瑚龜鰈優游人體　宴饗深海龍王之旅
長廊爭豔　花俏生命呼之欲出　燈影人影樹影倒影幢幢疊疊如夢
似幻
一碗公燒冷冰三百豆起鷹揚　家鄉與金字塔的距離近在呎尺　虛
虛實實
再有柳暗蹊徑　美濃和燈溫柔了月色睏睏幽靜一隅
潟湖岸邊你容我融　女神蚵殼裙襬漣漪撞出山海火花
冥思　只因我在你在　情繫南島南太平洋之最

Intel Technology飛起TAIWAN　鼓動熱情　撼動的不只是絢麗璀璨

一剎便是永恆　一彈指三十二億百千念　念念拈花展顏微笑
點燃生命五大元素　精靈也徘徊光雕投影靈空昇屏　燈燈精湛
水陸舞台撲朔迷離東西擊光高空熱舞　這不夜之城有太多驚嘆號
細數經典物語　繆斯的翅膀高舉V字標誌

一曲島嶼天光閱讀Formosa　屏東好神
那夜　我在屏東燈會
見證千萬喝采與一個驕傲

《老人文學》12期　2023.3

日本東北之旅
──陸前高田市〈奇蹟之松〉──

曾是一片火海　在海嘯之後　油海燃燒之景重播再重播
震度六　海嘯卻帶來七成災害市街全毀
長達二公里的海灘七萬株黑松而成的防潮林　高田松原一夕成灰

火海肆虐　風襲浪捲　畫面中搖曳不止卻仍挺拔的一株松樹
雖說此株已非彼株　但那畫面已深植腦海　名字為奇蹟
以此為點　方矩圓規容入了電線　人　屋　車　賣場　喧嘩聲
鎮魂　希望　復興之象徵　一株松
昂然挺立天地間　灰黑雲層襯托典雅體態
開展的枝葉彷彿攤開雙手笑臉迎人
只因有故事　松不再只是一株松
這街道因它甦醒　土產標誌　襯衫圖騰　依它畫它買賣它
在此駐足　飲茶　漫步　留連　吟詩　拍攝
Line給朋友存入FB　像年輕人朝拜聖地般
它的背後　刻載自然與人類生存傳奇
千里迢迢為它遠道而來　並非阮一人

註：原奇蹟之松因受海水之傷而枯死，陸前高田市仍於原點植松，予人瞻觀。

《中華日報》2017.9.25

松島

絕美　天籟之蟬聲隱藏於海水小島小徑松林間

白石　綠松　藍海　虹橋　海貓鳥

260多島嶼形成的松島灣

大高森壯觀　多聞山偉觀　富山麗觀　扇谷幽觀

點名你的名字於海上島嶼　山水與抽象畫底結合

松風微掠　浪靜　天地縮小屬於神的國度

怕呼吸驚動漣漪　貓也躡手躡腳

通往福浦島的橋梁旁　紀錄著台日之情

日月潭觀光船業者的311賑災橋得以重建

是美　最美的是人情

天地之旅　過客如我

繫起牽絆總一分感動一分無言

在異國　看見Formosa

《中華日報》2017.9.25

島越站訪宮澤賢治詩碑

讓心歸於零度　需要沉澱奔波海岸的蹤跡浪影

從東京　茨城　栃木　福島　宮城　岩手　至田野畑村

蜿蜒起伏一山過一山　駕駛於高速公路輾轉忐忑　前進再前進

探訪311東北海嘯洪流的震撼　人類與自然的物語經典總是不斷
再現

島越站牌棄如敝屣　滿目瘡痍　破堤裸鋼　地面不見道路與村莊

唯獨宮澤賢治〈發動機船二〉之詩碑矗立不毀　車站階梯殘留

詩碑說是順著海位垂直而建　屹立不倒

六年後的今天　我來我思我佇足

這詩碑已被移位更貼近海　階梯復原於側

車站紅磚黑瓦新品亮麗　緬懷過去痕跡隱約露餡

橫亙於太平洋前則鋼筋水泥防波堤如長城　隔離人間與海岸親密
關係

詩碑因順海位而不倒　這防波堤呢？人與自然之爭非到時刻不知
勝負

森井詩人朗讀詩歌　對大地的呼喚　宮澤魂兮歸來尚饗

兩旁森林蔥鬱　霧瀰漫海上與天一線隔　如此山水墨畫

此景可否長長久久？　眼前岸邊鏗鏘起重機來回軋軋作響

八角亭旁石碑刻載罹難人數　多過當下足跡

這又名〈嘎魯波納荳〉的島越站原是宮澤童話火山島之名

為阻冷夏帶來饑饉　主角〈普多力〉犧牲自己引爆火山　溫暖作
物救了家鄉

從來自然與人類並非敵對　謙卑與智慧挑戰極限的可能許是自然
底恩賜

1896　1933　2011　海嘯38.2M　28.7M　17.9M　未來呢？

再建防波堤愈長愈高愈堅固　與自然搏鬥或求心安？

見證一個歷史　卻挑起無可解的能量方程式

再走一圈　轟隆轟隆兩頭隧道往返的火車載著希望駛入島越站

《鹽分地帶文學》71期　2017.11

新島越站與堤防

森井詩人朗讀石碑字

浪江町 μsv

與太平洋比鄰而行　一路奔波福島海岸線
吸引人側目的非沿岸風景
常磐道高速公路記載輻射量的招牌數字
敏感得令人頻頻抬頭仰望
0.09μsv　0.1μsv　0.2μsv　0.18μsv
無形的恐懼寄託於跳躍晶體之轉換
在楢葉休憩處　野百合美得炫眼
展覽小孩為家鄉夢所描繪之畫　多少為這蒙塵之旅點綴元氣
公告牌明示旅人的輻射量度
廣野至南相馬高速公路49.1公里時速70公里的一次通行的輻射量
0.28μsv
是平時胸部X光的約210分之1
摩托車0.34μsv　是胸部X光的約170分之1
數字魔術憂喜參半　輻射於指尖流轉觸摸的恐懼
車與摩托車的0.06μsv之差　行人呢？不見任何孩子身影

休憩入門處　詩人坂村真民斗大毛筆龍飛鳳舞
〈心誠則花開〉詩詞看板隱藏微妙氣候

讓呼吸也有了新鮮的氛圍

富岡至浪江　標記福島第一核電所在地

迄今仍被塗以磚紅畫分家鄉歸還困難之區

森井的〈校園靜靜的背包〉一詩中

海嘯退後荒廢的校園

不見人跡

一片靜靜無聲　如此描繪著

是的　來到這詩的原鄉

街道紅綠燈依舊　郵局　商家　只是沒有人影

車來車往　車窗緊閉　人語人聲只供車廂內交談

現代孔明空城計嗎？　只因輻射改變了一切

車站廣場前屹立著〈高原車站喲　莎喲娜啦〉之歌　車站誕生之
石碑

腳踏石板　悅耳的歌聲迴盪在靜寂空曠的街道中

沒有和音　任由我搖頭晃耳沉醉於輕快旋律

這原本是一個安居樂業的家園啊

何昔日之芳草兮　今直為此蕭艾？

一位計程車司機坐在廣場石凳邊與人聊天邊等著客人上門

這車站會有人下車嗎？　我納悶著

註：
1. μsv輻射單位，微西弗。按照國際輻射防護組織ICRP的標準，來自非
　背景輻射的游離輻射，一般人為造成之輻射年劑量規定是不超過1毫西
　弗（1mSv/a），換算即每小時0.1微西弗（0.1μSv/h）。
2. 地球上普通人受到的累計輻射平均值為每年2.4毫西弗（mSv，即2.4
　（mSv/a）÷365÷24＝0.274（μSv/h）），其中氡為1.2毫西弗，宇
　宙射線為0.4毫西弗，大地本底輻射為0.5毫西弗，食物中攝入0.3毫西
　弗。（摘自〈維基百科〉）

《鹽分地帶文學》71期　2017.11

浪江町街道無人

殘夏最後的火花
──悼黛安娜王妃──

殘夏最後的火花

閃爍得竟是如此亮麗卻消逝如歌

不敢相信卻又不得不信

如泡如沫如露般的人生

你的存在意味著什麼？

二十世紀的灰姑娘當真只是夢一場

早知帷幕落得如此快速你是否遺憾

當初那一允諾？

世事難料誰能預知換一盤棋一定是對的

殘夏最後的火花

是否稍縱即逝才能愈顯現出它的燦爛輝煌？

1997　廣島

悼黃靈芝　杜潘芳格
——來自土地的呼喚——

三月小雨
陪伴著花開花落更護泥
是初春驚蟄早過大地已甦醒
只是您倆將不再是大地的舞者
化為塵土飛颺於異時空　不再有語言的爭執
就以您倆最熟稔的話語投入這塊園地吧
這土地需要灌溉　需要養分　需要付出
原住民語　台語　客家語　日語　英語
每一種語言只要勤耕便能開花
誰也不能壓抑誰　園地不能只有一色
這土地不是只歸屬人類的　卻要靠人類去維護
是的，過去的錯誤讓您倆聲音瘖啞　園地花不開
您倆所掙出的一束曙光　讓我們感受到園地少了您倆將失色
落地生根開花　這大地生生不息　過去　現在　未來
您倆只是形體不再　化為春風雨露　朝夕仍伴隨這塊土地
換我們守護您倆　以詩以歌以聲音

《鹽分地帶文學》64期　2016.6

回憶與你在天空下的日子
──悼同事朱素玥老師詩之一──

手機中顯示你側臉　淡淡一抹微笑的倩影

靦腆　如寒冬中茶花初綻

靜止的畫面　仍傳來溫熱磁波　你在想什麼？

從來line來line去無視於你的顏貌

今天我放大影像凝視笑容　時光停留於12月18日11時

12月15日line給你的訊息　已讀不回

搭往台中趕赴靈堂　一路回憶與你在天空下的日子

宛如淡水伴隨觀音悠然自在

夕陽殘照金色海岸　金環相扣微波蕩漾一切如昔如常　你如夢似幻

奔馳的火車載記著故事　繽紛色彩歷歷在目

一曲輓歌　詩無言

想像你入夢情景　雲淡風輕

鐘擺的滴答靜寂無聲

註：好友朱素玥老師於2017年12月驟逝，值福爾摩莎國際詩歌節稿截止
　　日逼近百感交集，以此為悼並祈冥福。

《中華日報》2018.3.15

把你的名字寫入淡水天空
──悼同事朱素玥老師詩之二──

把你的名字寫入淡水天空
俯視觀音　風雲為伴
汲取淡水佐以咖啡一如左岸
啜飲　與你在的青春總是填滿繽紛　一曲小確幸
奏起的旋律恰似你底明媚　縱使藏在地球彼端
仍遮掩不住閃亮的眼眸　你底夢已化為無限
遨遊淨土觀自在　般若波羅蜜多娑婆訶

註：好友朱素玥老師於2017年12月驟逝，今日滿一月忌日，以此為悼並
　　祈冥福。

口罩之外

武漢肺炎已非專有名詞而是動詞現在進行式

人在走　口罩要有　政府如是說

於是就走走看看走走

路旁的九重葛杜鵑八重櫻開得繽紛亮麗

彷彿魂出殼竅瞳孔被塞爆　是因戴口罩的視線嗎？

真美　美就是美　平時開車總呼嘯而過

在乎時間更勝於周遭撩人媚眼

而今禁足封城的耳語不斷才驚覺四周有太熟稔卻又稍感陌生的景觀

更迭

也是生命的招呼　而我總是不親切地一瞥更加快油門

萬物綻放自如無須你我加持　一霎的頓悟卻換來惦繫

生活要如常如禪　要有點灑脫有點浪漫有點不在乎

說不在乎卻還是在乎口罩

哎！人生

口罩之秋

雲是舖層漸次而來

婉轉地塗抹秋之色澤

灰白灰黑轉入暗藍灰藍灰是秋底色

再調點深橘如柿加點瑟瑟楓葉

日照溫度與紅嘴黑鵯的啼聲互和

無須口罩的響徹竟是如此入耳

這番諸島午後與昏黃不若炎夏來得瀟灑切割

隱藏冬似忍者貓悄悄潛入

口罩遮不住眼中灰霾

也想拂拭曖昧的空氣如影相隨

戴與不戴掛與不掛間竿影漸短夜漸長

已近年末仍不慣年初的呼吸

想入冬寒氣可也添一分溫暖

還是戴吧！

戴口罩

藍天戴起白雲口罩　為旅行而妝扮

朵朵不同形狀的造型

風想跟隨卻忘了戴口罩　只得化作隱形人

不想被忽略呼呼地叫著　刷存在感

「我們也要戴口罩吧？」

吱吱喳喳的小麻雀望望天空　看看人群

似乎不戴口罩心裡不安

「要戴不戴隨你喜歡，」

麻雀媽媽說：

「戴了口罩就不要亂吱吱喳喳，不戴口罩，就要遠離人群，人群

是大病毒。」

「為什麼人群是大病毒呢？」

「我也不知道，」麻雀媽媽回答道：

「去問蝙蝠姑婆，看人類對牠們做了什麼。」

2022.3

把門打開

把門打開
我就擁有一座城堡
風是不速之客直闖而入
雲與細雨商量進與不進從從容容
大武山橫亙眼簾霸氣十足的盤踞整個視野
飛燕依舊上下迴旋逍遙自在

把門打開
我就擁有整個天地
藍藍白白　蔥蔥鬱鬱
婉蜒道路層層屋宇　河流想浪漫的曲折
俯瞰街道人跡　序幕瀏覽的深度可以慢慢細讀
一首歌一曲音樂一段優雅　點滴人間

把門打開
無拘無束地遨遊是心思翅膀的盤旋
青草如藤般伸展星辰無月仍閃爍夢網
寒冬炎夏雖刺透肌骨至少冷漠不再加溫

一點清酒一點蘭姆一點烏龍
把門打開夜色剛好　對飲人影輕歌曼舞
說疫情風涼話人情厚薄今年經濟消長你我悲喜
盡在風聲中

《中華日報》2021.1.25

幸福

幸福就是
在寒冷的冬天裡
躲在溫暖被窩
睡一個好覺

幸福的感覺

風入了樂章

雲走向莫內

南謝趴地專心啃牛奶骨頭

而我坐在門檻上

瓣剝地瓜葉梗

母坐在藤椅

邊吃早餐邊翻閱報紙

四月剛過完九十二歲生日

齒頰仍留乳酪芳香　餘溫裊裊

打從三月便引頸企盼的甘雨

竟隨五月悄然來臨

今年的康乃馨

依然燦爛如昔

註：南謝為家犬名。

2021.5

與惡／俄之距離

離基輔十五公里
離基輔五公里
離基輔……
水淹基輔與惡零距離
撒旦在微笑

「我靠著希望一路前行。」
從札波羅結（Zaporizhzhia）至斯洛伐克（Slovenská）邊境
那堅定純真笑容名叫哈桑的男孩如是說
天使的飛翔與惡相距何止千里

和平與愛能與撒旦對決嗎？
近五百萬的流離失所　無數性命的犧牲能換取野心家的一滴憐
憫嗎？
這是否太過奢求？
自由　勇氣　決心　希望　與惡之距離
那不可說的心靈深處　何處才是棲息之所？
誰能假上帝之手制裁？當悲劇不斷重演發生

善與惡的距離　從來只是一念之間
地球不會自我毀滅　只有人類會毀滅地球
從烏俄距離　我們看見了

Distance from Evil / Russian

Fifteen kilometers from Kyiv
5 km from Kyiv
From Kyiv…
Flooded Kyiv is zero distance from evil
Satan is smiling

"I'm going all the way with hope."
From Zaporizhzhia to the Slovenská border
That's what the boy named Hassan said with a firm, innocent smile
The flight of an angel is more than a thousand miles away from evil

Can Peace and Love fight Satan?
Can nearly five million displaced and countless lives be sacrificed in
exchange for a drop of mercy from a careerist?
Is this too extravagant?
freedom courage determination hope distance from evil
Where is the habitation in the unspeakable depths of the soul?
Who can be punished by the hand of God? When the tragedy keeps
repeating
The distance between good and evil is always just a thought

The earth will not destroy itself, only humans will destroy the earth
From the distance between Ukraine and Russia, we saw

Note: Chinese evil pronunciation is homophone with Russian

Translated by Ms. Hsu Nian-jhen（英譯者為許念珍）

烏克蘭　我們能為你做什麼

三月陰晴未定　乍暖還寒
等待大地的甦醒仍需煎熬
自2月24日開戰以來
轟炸已是平時茶飯事
不是遊戲　不是虛擬畫面
血淋淋的真實劇場不斷地在眼前上演
天空不再藍白　呼吸不再順暢
夜晚更是腸斷　烏漆不似人間
這一頁歷史已無法修飾　無須旁白便已怵目驚心魄散魂飛

斷垣殘壁　生民塗炭
3月16日劇院被炸毀
3月19日藝術學校被摧毀
媒體報導說每15分鐘就能聽見俄軍飛機經過
警官Michail Vershnin說：
「曾經繁華的街道，現在孩子、老人家都快死了，這座城市快從
地球上消失了」。
平民持續在被屠殺中
這以聖母瑪利亞命名的馬利波（Mariupol）如今成了人間煉獄

即使斷水斷電斷糧吃流浪狗充飢　遭俄軍日夜無情轟炸
馬立波人仍拒絕投降　這城市的英勇將被流傳
「為了所有逝去的性命、中斷的命運、死去的孩子，為了所有
的淚水和苦難，每一個占領者都將永不安寧。」馬立波前市長
Sergiy Taruta如是說。
祈願奇蹟出現　超人　蜘蛛人　蝙蝠俠　藍波也好　讓正義終止
轟炸
不讓死亡、廢墟增加　不讓孩童婦孺害怕、哭泣
吸一口新鮮空氣　喝一口水不再是奢求
人間煉獄馬立波　撒旦猙獰的面目

我們無法供給坦克車　軍艦　飛彈
我們只能控訴人類的殘酷
　　　　　　　戰爭的無情
以筆記載血淚生命永恆的代價
記載烏克蘭為自由民主奮鬥的一頁
以詩為矛　為盾
站在巨人的肩膀上　奮力拋出堅持的一擊

2022.春

記憶門扉

不曾進入的房間　從來都只是經過
帶著被車輾過的報紙　來不及放入包包想著作業或工作不遂
瞥見你往街角走去　一襲灰大衣　長過耳根的俏麗短髮
我大聲叫住你　撕裂似地怕你聽不見
「有帶鑰匙嗎？　帶鑰匙嗎？」
你側臉沒望我　雪白肌膚若北非諜影的英格麗褒曼
「有。」你細語回答　有別我的獅吼
然後轉頭　繼續走你的路　留下風捲衣角背影的視窗
你可能只是去吃午餐　我心想
回到家　往二樓驚見你房門打開
從來都只是經過　深鎖的門扉何以今天開啟？
東南角木頭書架上幾本時尚雜誌　斜對過來的是兩隻小熊維尼
白灰色的地毯鋪成三兩陳設　你住在這裡？

已近40年了　如果你沒來夢中差點忘了
是夢　抑是另一次元空間的真實？
不曾進入的房間卻感覺天天經過
你在那裡　只是暫時離開

沒有你的日子　仍是日子
我已習慣當老大　阿兄在你走後10年也跟隨著你
2009年大弟車禍遽然撒手塵寰　2013父一夜之間永隔
我答應他侍奉老母畢恭畢敬　卻也難免口角
朝朝夕夕日復一日生活就是老母、藥、三餐　三餐、藥、老母
幾乎忘了你的存在　如浮雲掠過藍空　足跡痕露沙灘
只是偶爾封塵　開啟記憶的鑰匙隨時在握
縱使化為千風　拂過臉頰的是你底溫柔

遙想當年新娘真美　最美的時刻哪能料到悲劇也正緩緩掀起簾角
序幕
不復當年青少不想再談婚姻對錯
如果我有智慧　當下拉你一把勇敢面對婚離　畢竟那並不代表一切
隨時都可以開始出發　正如打開on off般　不需在乎別人眼光
履歷的書寫不是只有過去　如果啊如果當初還能追回
或許現在就能與你談笑風生話當時縱橫風雨道當下疫情橫行
年輕啊！　年輕　承擔成長的代價要付出多少淚水？

窗外雨濛灰雲遮住了綿亙的大武青山
只是暫時不見　青山仍是青山
我會再次記住你
記住你的純真你的一生
曾經與你擁有的歲月不會消失
曾經存在的　未來也將永遠存在
未曾消失

記姊去世40週年紀念　2022.7

卷三
台南／淡水
福爾摩莎國際詩歌節

——記2015台南福爾摩莎國際詩歌節——
——記2016淡水福爾摩莎國際詩歌節——
——記2017淡水福爾摩莎國際詩歌節——

潟湖落日誦詩

只知是觀賞夕陽餘暉　不過是海鷗落日
湖依舊如鏡　輝映著餘暉點燃鳳凰如火

朗詩　來一首西班牙圓舞曲　Luis^(註1)的永恆之愛揭開序幕
有風　停留在詩篇化為音符飄揚於晚霞也低垂傾聽
天籟再撥弦轉調　Maggy^(註2)等夜晚的來臨　何妨喝一杯咖啡
Augusto^(註3)有著淡淡的憂傷徘徊湖岸婆娑棕櫚
一曲如繆斯美麗的明眸綻放海的恢宏與遼闊　昕余^(註4)如夢似幻
聲聲呼喚Formosa
夢遊於夜晚Oscar^(註5)低語幸福表情也比不上微笑的回聲
海在閱讀心靈與孤獨　香衣^(註6)獨步清歌掀起漣漪陣陣盪揚
自由 e 海鯨　世界欸Taiwan德本^(註7)唱出Ending　夜屏息而臨

歸去　車身沾滿詩意
只不過是夕陽餘暉　海鷗落日
怎堪化成背影　一幅詩話詩畫連接海天一色
繽紛言語　大小珠盤落地遍是Graciasi^(註8)
潟湖從此精采　烙印伊底湖光詩句連篇喝暢懷

註：
（註1）Luis，智利人。
（註2）Maggy，哥倫比亞人。
（註3）Augusto，阿根廷人。
（註4）昕余，中國人。
（註5）Oscar，塞爾瓦多人，歸化美國。
（註6）香衣，日本人。
（註7）德本，台灣人。
（註8）Graciasi，西班牙語謝謝之意。
（本詩依當日朗讀內容而寫，特此為記）

《鹽分地帶文學》60期　2015.10

九月鳳凰花開

九月鳳凰花開

在繆斯的國度裡　踩著佛朗哥的舞曲款款而來

天是層層開展連夜也相約說好　就讓日子成繆斯於鳳凰的國度裡

渲染天光島嶼　小小的喜悅在風中飛揚九月不談政治　選舉擺一邊

乾杯　甘拜　Salud　清脆回音相邀你我的母語皆美只要是和諧

款待繆斯女神　琢磨自然縱無言無聲揣測的脈搏一致讓心靈歸零

午夜夢迴光和影　田庄小徑驀然回首古早歷史黯然神傷

詩路之旅　木棉花道點滴時光一手一足盡是台灣味

薄暮潟湖　吟詠繆斯這一刻彩霞也流連暗影加深詩愈濃　呵！

這湖想飛越太平洋彼端悸動一球安打再加碼

自由 e 海鯨　世界欸Taiwan

德本詩人唱起了未來　福爾摩莎

〈中華日報〉2015.12.18

九月鳳凰花開

木棉花道詩路之旅

潟湖落日朗詩

Formosa如繆斯美麗的明眸

走訪七子碑

曾讀過建安七子
東漢末年的人物熟稔得如近鄰
這佳里北門七子是啥碗糕？
為何距離尚未百年覺得遠而近兩千年卻覺得近
這數學該如何解讀？

屬於家鄉的故土　　家鄉的味道
為何活了半百仍不知泥土與鹽分和起來的人是啥？
懵懵懂懂與老外同踏入這竹林　想也只是一座小公園
我的感覺一如老外　多了一份錯愕

銅綠色雕像吳新榮，其二子夫婦迎接，是老輩（台語：父親）哦
這銅像
七十多歲的家人有著腆靦有著自傲有著喜悅
詩人們的眼裡閃爍出一分訝異一分尊敬一分時空還原的想像
「這是我父親」林佛兒說，指著地上林清文石碑
原來如此

台南佳里公園北門七子碑與吳新榮雕像同在（2015.9.4）

斷層切割記憶是偉大獨裁者的傑作

讓家鄉文化歸零是光復福爾摩莎的產業

建安七子　北門七子孰輕孰重？

文化無可比較失去的是一分尊嚴一分自信

只是重力加壓力反彈的力道應是∞

無關數學推理便知邏輯

北門七子化為叢林石版文字碑

教科書沒教的他們不會在意

這泥土有他們踏過的足跡即便歿土一坏也證明曾存在過

守護家園詩路　因沉默而更綿延

《中華日報》2015.12.18

南海清唱　山本柳舞

步出孔廟一路榕樹伴隨
墨西哥Marganrita Garcia母女誘鼬鼠入鏡頭
賣飼料婦人不知行人已遲　頻頻推銷人鼠皆興奮
午後的陽光灑落地板　電扇已等得不耐煩吱吱喳喳響
武道館內舞者俐落島田妝梳　粉墨登場
舞起秋葉飄揚　持扇把傘溫柔恰如流水
一曲昴（subaru）　天地凜然無需言語自然入境

淑汝楓紅 (註1)　一年透冬　為何今旦日會面紅
南海南風俗稻香　田園彼片　金光閃閃萬里稻香
杯底不可飼金魚　興到食酒免揀時
夫妻熱唱　無酒也醉觀眾茫茫　乾啦！
杯底不可飼金魚　情投意合上歡喜　飲啦！(註2)

午後武道館　舞起小小聯合國底心
閱讀福爾摩莎深沉魅力正開始

註：
（註1）即女高音王淑汝老師，黃南海先生之夫人。楓紅為曲名。
（註2）聲樂家黃南海先生為「2015台南福爾摩莎國際詩歌節」所唱。

《中華日報》2015.12.18

誘鼠入鏡

詩之氣根

沿著棧道走訪一個無限
框起詩的氛圍　浪漫或錯愕或驚嘆呼吸難以說清荒蕪的秩序
幻想的空間與氣根盤踞成正比　於詩的國度裡旅行
門裡門外窗內窗外詩的氣孔瀰漫如根之生
沒有國界牆裡牆外鑽進鑽出只仰望如迷宮似底生長
一幅卷軸開展出
Luis與Maggy如膠似漆　Mario的封面詩秀
Oscar夫婦曬恩愛　與樹共生共存以此為記
哆啦A夢的任意門　霍爾移動城堡的旋轉門
都比不上福爾摩莎榕屋之門
今日樹屋詩意盎然Gracias

《中華日報》2015.12.18

註：〈瀉湖落日誦詩〉、〈九月鳳凰花開〉、〈走訪七子碑〉、〈南海
　　清唱　山本柳舞〉、〈詩之氣根〉，以上五首為記「2015台南福爾
　　摩莎國際詩歌節」所作。收錄於《福爾摩莎詩選》（台南2016.1）。

Luis與Maggy如膠似漆

台南樹屋　　　　　　　　　　Oscar夫婦曬恩愛

淡水海上詩旅

9月4日近午後與昏黃交接時刻
漁人碼頭天空蔚藍如水
街頭藝人嘹亮的歌聲穿梭情人橋往來人群中
揮別孫立委的祝福
船駛出1號碼頭朝關渡大橋前進
小老鷹樂團年輕歌手撥弦吉他鏗鏘如行
觀音山　紅毛城　古廟　老街
河畔街景鱗次櫛比如蒙太奇影片倒回
有朋自遠方來共享淡水詩旅家鄉美景不亦樂乎

追逐夕陽餘暉以詩以歌以沉默相對
厄瓜多爾Andrés熱情奔放如火〈我討厭〉（Estoy Enfermo！）[註1]
決定退休回家　遠離腐敗
哥倫比亞Mario內斂深情〈藍點〉像淚珠落向心的遼夐海洋
塞爾瓦多Oscar伴隨愛妻〈詩篇第五首〉　歌頌永遠不背叛愛情
反而讓它棲息在心裡
孟加拉Aminur其妻明眸動人〈盈月夜〉把全部的愛保留在天空
以閃爍的群星圍繞　就在月亮旁邊

如哲學家的孟加拉Jahidul　請小心保存摺好的歷史
和追求無數夢想的宇宙之眼〈羅浮宮〉
伊拉克Ati〈當我是詩人的時候〉　繼續旅行　從未奢望安全結束
我接近四十　不知道怎麼活過來的
日本森井香衣〈歸去〉　櫻花盛開的島上　我在月影下深念你
突尼西亞Khedija〈同樣告別〉愛情列車來了　卻趕不上飛馳的列車
夜無名無姓在呼叫我
李魁賢〈聽海〉　每當我在淡水海邊沉默以對
辨識海的聲音有幾分絕情的意味
林盛彬一曲〈Historia De Un Amor〉（註2）贏得全場Bravo
再高亢〈Guantanamera〉（註3）　High至最高點
神鈦清唱〈流水年華〉　他鄉風寒露更濃
勸君早晚要保重　期待他日再相逢

船入港　萬家已燈火　再會聲此起彼落
這海上一期一會詩旅　將如黃粱一夢
歸途無聲勝有聲　今夜夢若還原他日相逢應不難
逆旅朔行往事歷歷　追逐淡水落日觀音已不寂寞

化為詩篇伴隨Tamsui繞星球

註：
（註1）2016淡水福爾摩莎國際詩歌節乃是承繼2015年台南舉辦的國際詩歌
　　　 節，由李魁賢策畫，淡水基金會主辦，共有8國11人參加。本稿所
　　　 記載詩歌朗讀以李魁賢所編〈詩情海陸〉為主，未必為當日所朗
　　　 讀。台灣以李魁賢為首共16位參加，限於篇幅在此不一一列舉。
（註2）西班牙情歌，中文翻唱曲〈我的心裡只有你沒有他〉。
（註3）古巴民謠，中文譯為〈關達拉美娜〉。

〈中華日報〉2016.11.15

大樹書房
——延伸故鄉的深度——

是詩人的觸角
蟬鳴聒噪得如夏之初
以叢林墨綠落地窗V建築雲門劇場為背景
藍天白雲綠樹也是聽眾一夥
Mario率先的〈哥倫比亞就是自然〉嗯，可想像山色蔥朧倒影
流水潺潺入夢
Andrés〈天父，求您寬恕我們〉　清風為藉白雲是證
Oscar的詩德本詩人以台語唸出〈你在我耳旁邊　說輕言細語的
言語〉
以華語朗讀〈湖〉　〈風景有如夢幻　天上雲彩　彼此相吻
日月潭透澈的湖水　永恆的笑容〉
曲罷演出滾動火車頭衝出愛台救台的深情

Jahidul一身藍袍孟加拉傳統服飾花如龍　歌唱古老情歌
妙沂以台語朗讀〈西納亞〉的詩　〈老鍾會說西納亞的語言／
他們會說日語、台語、華語、英語，但是不會說西納亞的話語／
他們四目相視／但無法交流〉
Khedija以英語朗讀伴隨〈西納亞〉

林盛斌的〈淡水，淡水！〉歡迎光臨淡水，淡水　愛的招呼
碧修〈鳥與水〉在這片天空我展翅　因水的滋潤
飛舞出更美更有力的人生
秀珍為森井寫下溫柔一頁　嚴雪花流暢英詩閱覽天地

蟬鳴鼓噪得如秋之初
牠們也朗讀詩歌　伴隨的樂章蘊藏大樹情深
彷若淡水河長繞大屯　觀音山　夕陽依戀雲彩
這山城有太多美麗物語需要詩歌詮釋
當最後的住家　遠眺地不止馬偕傳唱卻非他莫屬
地球一村一隅的畫面　Tamsui因九月而跳躍迸出交會火花
延伸故鄉的深度　是詩人的觸角
風景的故鄉必也是詩人的故鄉
與子偕老　Tamsui你的名字將入夢

紅樓夜未央
——今夜的Tamsui很希臘——

今夜的Tamsui很希臘　落日很Oia（伊亞）

紅樓　上帝揮灑油彩毫不吝惜　餘暉波光瀲灩天地畫布

大紅兼橘轉金黃呈灰藍漸灰暗黑　瞳孔的一瞥仍留渲染

捕捉剎那挑戰呼吸的顫抖　神來之筆總是瞬間底堅持

紅樓夜未央　昏黃燈影聚集的不止熱情

「月光從樹葉反射　多情鳥在熱烈鼓掌」Oscar的〈樹的惡夢〉

林武憲台語歌唱〈月光光〉「月光光，照菜園　照眠床

月娘啊！暝真長　請你陪我到天光」

蔡榮勇〈母親，不識字〉「不識字的母親　每個人的表情　是她

感動的詩」

金國〈打狗的珊瑚礁〉「隆起，海底的珊瑚礁　遍佈在每一座水

泥叢林」

Jahidul與秀珍〈蒙娜麗莎〉「你微笑嘴唇之光發射憂傷　不知道

為何憂」

Aminur〈永久酪農場〉「我的永久酪農場每天伴妳開工　結束

時，妳還在那裡」

玉芳〈紅毛城〉「每當淡水夕照　山丘上的紅毛城渲染得更朱紅」

想像楊淇竹〈淡水夜景〉「仰頭看星空　耀眼星子　掉落卡布奇
諾中，溶化」
李魁賢〈島嶼台灣〉「你是太平洋的美人魚　我永恆故鄉的座標」
德本的台語詩「福爾摩莎是一尾勇敢的海鯨」作結　音聲響徹雲霄

這半圓拱型的紅樓百年因詩而甦醒　秉燈朗讀夜涼如水秋悄然
滲浸靈魂深處穿越言語隔閡的籬笆因你而歌而唱而吟詠
水鏡需明月相襯紅樓因詩而芬　趁此刻夜未央
再高歌一曲典唱未來城市化異鄉為故鄉

真理大學大禮拜堂
——如果讓上帝引導你——

「如果讓上帝引導你」　巴哈的曲子開啟序幕

高達32呎的音管發出音樂如排山倒海而來

讚美曲　聖餐曲　變奏曲　WAN TA SI YA（音譯）

音繞梁迴盪　始知震撼兩字

回歸傳統與浪漫音色　肅靜　神采溢於神色

Andrés〈天父，求您寬恕我們！〉攤擺十字唱作俱佳

Mario《自然》詩集　太陽詩句以此殿堂歌詠

Ati〈路過〉　我們觸怒死神　用我們未來的墓碑

Oscar Jahidul 森井　李魁賢　林盛彬等大珠小珠落玉盤

串起詩篇　回應天使傳達天籟　繆斯女神在此徘徊　歌德呢？

如果讓上帝引導你　虔誠是對您的專一一如詩

膜拜　這大禮拜堂音樂饗宴詩饗宴我將再回

如果讓上帝引導你　行囊的福盃是否將滿溢？

淺水灣
——海岸記憶著旅人漂泊的心情——

半月沙灘說已不在意落日餘暉　飛舞的上下皆是雲彩浪花
吟詠海的詩句如指縫流砂　一砂一世界
林鷺〈海之約〉咖啡小屋的藍白色調　我們的笑聲
被那海天相連的　圓弧形地平線擁抱
莫渝〈千濤拍岸〉夜夜，我在千濤的哄酣中入眠
仿若聆聽秋收時打穀機的嘹亮和樂章
李魁賢〈聽海〉只為了聽海唱歌　看相思樹　模擬海
千萬株手拉手跳土風舞
秀珍〈島與海〉我貝殼的耳朵　要傾聽你　甜言蜜語
陳明克〈沙灘的水流〉不要催　我正看著沙灘
彎曲的淺淺的水流　能否及時流進夕陽
森井〈海景〉小小的島有島歌　一曲像太陽燦爛島上群花
海是生命恩惠　生命邂逅地
雙手高舉V是森井莎喲娜啦沙灘的印象
海與沙灘將記載歌詠的足跡　連結彼端的思念因海羈絆更深
長堤上仰臥俯視或眺望　海岸記憶著旅人漂泊的心情

當離別抹去黑夜紗幕　　海浪平息沙灘腳印　　回頭一眼
浪花彷若夾雜Adiós、Good-bye的呢喃細語　　化為清風如詩似夢

註：〈淡水海上詩旅〉、〈大樹書房〉、〈紅樓夜未央〉、〈真理大學
　　大禮拜堂〉、〈淺水灣〉，以上5首為記「2016淡水福爾摩莎國際詩
　　歌節」所作。

驚鴻一瞥

9月21日午後　窗外林木蔥蘢自眼瞼飛逝

竹圍　紅樹林　淡水　廣播響起終點之聲　隆隆車輪漸次徐行

淡水依舊涼涼　觀音如禪

Ko Lon Ko Lon Si Si　隨著節奏緩緩　起身而立

腦裡尚無知覺　隨緣地一瞥閃耀的窗景　倏地斗大招牌霍然映入
眼簾

來不及閱讀卻熟稔那大橙黃土鄉色的渲染

〈2017淡水Formosa國際詩歌節〉

彷若櫻木花道赫然遇見平交道彼端微笑揮手的晴子

怦然不只心動　海馬記憶掀起2016經典重現　鑼鼓又響

Bonjour Tamsui　我又來了

《福爾摩莎詩選・2017淡水》2018.3

乾杯　Tamsui

乾杯　Tamsui　為了我們的重逢與相識在這詩美之鄉

數一數國度加減七國　Tamsui因你而倍增嫵媚

少了昔日的日本　孟加拉　伊拉克的夥伴　Tamsui可有你的餘溫

夕陽輝映金色海岸　紅毛城　馬偕永遠的住家　心窗總是為阮打開

乾杯　Tamsui　這紅樓月色永不嫌晚　伴隨詩歌

Angelo一曲〈I am part of your silence〉　添加九月的祝福抹上香

檳色彩

夢耶非夢　今宵一聚霎那便是永恆　舞動心弦他鄉已是故鄉

Cheers Tamsui　如此地揮霍青春掬手可得　夜似水

柔情如詩　蟲斯不忘提醒助興的非止於人間

Salud Tamsui　舉杯邀月拚千盃不醉　帷幕低垂當記得

海之彼端　有阮底思念

《福爾摩莎詩選・2017淡水》2018.3

桂花巷

留連的老街小巷以花以草註記底標幟　一株桂花一詩歌
這忠寮植樹老梅社區處處散播著芳香足跡
湯圓草仔粿細說村民的熱情　鏟土也植入心坎
載歌載舞　義大利　墨西哥　印度　烏拉圭　再加Formosa舞力全開
手足揮灑文藻　揮灑夢之桂花　只因有你相隨這桂花巷
相約十年　詩的桂花成蔭想像時光輪轉朗讀身影應如當年
阡陌田園繫牽絆　一株桂花一詩歌

《福爾摩莎詩選‧2017淡水》2018.3

桂花情

一株桂花一詩歌　手植桂花　眺望遠方Tamsui
已冬了　念念九月淡水之秋似夏般的熱情
溫度未減　寒意更令人勾起澎湃暖流詩底故鄉
桂花巷熟悉懷念的身影是否依舊歌聲繚繞
地球深隱的一端　是否仍暢飲詩詞
盃底記憶著紅毛城一抹夕陽餘暉　伊在那裡
青春圍繞　綠林　海洋　青山皆為背景　只因伊在
已深了　遙想明年桂花飄香　淡淡芬芳皆柔情
填入詩詞伴夜更好眠

《福爾摩莎詩選・2017淡水》2018.3

閱讀九月Tamsui

閱讀九月Tamsui　以詩以歌

揮霍年華與你同存同呼吸屬於淡水的季節

若阮打開心窗那扇門

看見故鄉的田園　故鄉的道路

斑剝古牆　紅瓦寺廟仍留存墾荒的遺跡

不能忘記前人眼淚　襤褸背影載記紅樓白牆滄海桑田

閱讀九月Tamsui　以舞以青春

驅動記憶晶體串起過去未來舞出屬於淡水的音符

若阮打開心窗那扇門

聽見故鄉的歷史　故鄉的辛酸

載記紅毛城物語何時才能翻閱屬於自己的一頁

鎖鑰北門砲台灰燼湮滅白宮滾滾紅塵風平浪靜　打開心鎖

閱讀九月Tamsui　以友以夢

伸展福爾摩莎深度縱橫經緯海陸淡水詩情當記那一夜

若阮打開心窗那扇門

阮得讀出昔人魂魄　漂泊作浪漫打拚身影只因圓夢

轉動地球天涯若鄰與友甘苦嘗故鄉水　說甜也是鹹

憶淡水

淡水　夕照　金色沙灣
紅樓　雲門　大樹書房
大屯　觀音　關渡大橋
牛津　教會　馬偕之家
鐵道　嘉士　殼牌倉庫
媽祖廟　祖師廟　定光古佛
桂花巷　一滴水　榮吉故居
紅毛城　小白宮　滬尾砲台
紅樹林漁人碼頭追詩築夢人在岸邊

《福爾摩莎詩選・2017淡水》2018.3

淡水行歌

雲遮了月光　影複製大廈行走於風中
山隱沒名字　連綿燈火游龍輾轉笙歌
樓頂第一道朝陽忘了山頭入境　雜沓人間道早安
親愛的　我把天空變窄了

《福爾摩莎詩選‧2017淡水》2018.3

殼牌倉庫

一曲老歌迴盪　紅妝掩飾不了歲月痕跡
佇足徘徊花香書香咖啡香幻想油棧攪和時光隧道
佛朗明哥的舞踢踏踢踏喚醒精靈重現鼓動繆斯
朗讀回應歷史群聚的不只當下尋夢一排排詩籍
漢詩英詩融合Formosa島嶼婆娑
舞出驚豔饗宴一詩一語鑲入殼牌倉庫

《福爾摩莎詩選・2017淡水》2018.3

註：〈驚鴻一瞥〉、〈乾杯　Tamsui〉、〈桂花巷〉、〈桂花情〉、
　　〈閱讀九月Tamsui〉、〈憶淡水〉、〈淡水行歌〉、〈殼牌倉
　　庫〉，以上8首為記「2017淡水福爾摩莎國際詩歌節」所作。

卷四　俳句・小詩

俳句11首

漏保溫杯當瓶
每日一朵太陽花

限速70
總想挑戰到80

再貴的便當
還是隔桌好吃

今天頭條
上帝戰勝魔鬼版

搶救礦工 (註1)
世界科技總動員

戰勝魔鬼
先走一趟鬼門關

礦石禮物
新生命石頭記

法國阿根廷 (註2)
PK戰拚輸贏

梅西與C羅^{（註3）}
腳底命運各不同

COVID-19　BA.5　BF.7^{（註4）}
驗證魔高一丈

國軍新任務
射氣球^{（註5）}

註：
（註1）記2010年8月5日智利礦災。
（註2）2022卡達世界足球賽，阿根廷與法國打得難分難捨，最後PK
　　　戰，阿根廷以4:2贏得冠軍。
（註3）2022卡達世界足球賽，阿根廷獲勝，新聞版面幾乎都報導梅西欣
　　　喜若狂的表情。反之，葡萄牙與瑞士、摩洛哥之戰，C羅連坐板
　　　凳居多，葡萄牙八強止步，C羅痛哭畫面，令人不捨。
（註4）自2019年發現武漢肺炎以來，病毒一直變種，防不勝防。
（註5）2023年2月4日美軍F-22戰機擊落疑似從中國飄來的間諜氣球，引
　　　起全球注目。

世事

世事如山路
　　崎嶇不平
山路不同世事
　　山路可忖度
　　世事卻難料

冬至

媽媽生病了
在超市東挑西選
今年冬至湯圓
少了媽媽的味道

母親的日日草

於破損的保麗龍角邊
日日草盡全力綻放著
日日是好日

2012.12.24

泰武鄉耶誕節

走出莫拉克颱風
於耶誕節前夕
終於有個小小的祝福
之家

2012.12.24

卷五　福爾摩莎國際詩歌節紀聞

繆斯之旅

　　承蒙李若鶯老師介紹參加由李魁賢詩人策畫、台南市文化局所主辦的福爾摩莎國際詩歌節，除了感覺到所安排的節目五彩繽紛令人目不暇給之外，也讓人見識到台南文化軟實力的一面。該如何記下從9月1日至6日為期一週的台南繆斯之旅，老實說讓我很失眠；可是如果不記下這一難得的經驗，又覺得愧對2015年。不過，該如何下筆？對久疏於文筆的我而言，無疑是一大挑戰。

　　以下記錄當時之情景，有感而言。

1. 迎賓晚宴

　　原本預計7時舉行的迎賓晚宴，因交通因素遲約一小時才舉行。在這等待的時間裡，認識不少國內作家、學者及詩人，也算是一件收穫。像張良澤及趙天儀教授已很少出席類似這樣的活動，此次能見到他們，真是喜出望外。

　　據統計有11國共14位國外詩人參加這項活動，加上國內平時少見面的詩人、學者齊聚一堂，可謂文壇盛事。約8時多，貴賓終於抵達晚宴。在文化局長葉澤山暨台灣文學館館長陳益

源的致詞中，一場繆斯饗宴正式開始。

　　世界詩人運動組織創辦人Luis Arias Manzo在迎賓晚宴說，創設這組織，主要是透過詩文、美麗的辭藻，呈現出發自內心的愛與對生命的熱情，用愛與美來簡化這世界的衝突。他認為只要不斷的透過交流與對話，詩人有能力也有責任與義務來解決世界愈來愈複雜的爭端；以詩的美文，爭取人類生存的基本權利。

　　如果在座的每個人都以「Love與美」來表現的話，那麼生命便會不一樣，便會展現不同的風貌。

張良澤教授（左）與詩人張德本先生

趙天儀教授（左）與口譯簡瑞玲老師

2. 謙卑詩人

　　活動的第二天是在台灣文學館舉行。首先以樂團音樂演奏開啟序幕，接著市長賴清德致詞說，要將台南市打造為世界級的文化之都，希望讓台南市這適合生活的都市，不只是所有市民人生的舞台，也要借重台南文化界，去記錄、讚美每個人

的喜怒哀樂及多采多姿的人生，並與全世界交朋友。他贈送世界詩人運動組織創辦人「毛筆」，想是盼能借重詩人發揮所長，好好記錄台南這一頁吧？

賴清德市長贈送毛筆給PPdM代表Luis詩人

在繆斯論壇「詩人在我們生活時代中的義務」裡，Luis與林盛彬教授的對談中，詩人一再強調詩人必須謙卑，以詩化解衝突。

面對恐怖分子的威脅、生態維護、全球暖化的問題，詩人要謙卑面對，互相對話、溝通才能拯救這世界。詩歌可以中止誤會與衝突。它必須是客觀、中立的，必須知道衝突的來源，知道生命的本質、力量，其實也就是愛，而傳遞這訊息的是詩人。要達到世界和平，詩人第一步就是要學會謙卑。不管有名、獲獎無數者或沒沒無聞的詩人，大家一律平等。詩人必

須謙卑，如無謙卑之心則只算是詩人，非世界詩人；如無謙卑之心則不能化解衝突。

Luis認為目前的全球化只是在經濟層面，必須付出代價。他想如果讓詩歌全球化，則便可以抵制大眾傳播所帶來的傷害，可以改變人類的命運。他談到本身與詩的際遇，讓人動容，大體內容如下：

我出生於天主教的一個工人的家庭，小時候就知道貧窮、飢餓、寒冷。年輕時便參與政治。當知道智利的納粹主義者當上總理，於是便開始冷戰，當時我只有14歲。70年代我成了對抗政府的左派分子。1973年9月11日智利發生政變，我17歲，目睹年輕的同伴被逮捕、虐待，甚至因而自殺的；我只能四處逃竄、流亡國外18年，有12年間我在法國。智利兩次政變，有三萬人失蹤，三萬人被捕，但我從未放棄智利建立一個民主的國家，90年代我終於回家。我夢想可以過一個美好的社會，不過事非如此。當時我不信上帝，然而我生命經歷過180度的大轉變，生命中出現了天使，於是我開始學習寫作，寫詩集《水月》（Aqualuna），相信靈魂存在，我終於了解對政治的立場我並不是孤獨的，天使在我身邊。我的詩集描述著物質與精神、過去與現在的衝突；寫了四本詩集後，我才發覺應該要成立這「世界詩人運動組織」。

Luis侃侃談論他創立組織的理念，意即他所再三強調的透過詩文溝通，可以解決紛爭衝突，讓世界邁向和平與愛的理想境界。這場繆斯對談，藉由政大古孟玄副教授的口譯，得以明

白所言；感覺人類不論是東西南北、宗教信仰、種族膚色，儘管所經歷的心路歷程忐忑高低有別，但是那份追求夢與理想的心境是一致的；而愈挫愈勇，愈琢磨愈執著的情操，則是讓人心底有了幾分敬意。

Luis詩人與林盛彬教授的對談

台灣文學館交流一景

3. 與大成國中交流

9月3日早上，是詩人們與學校學生交流的日子。我與日本詩人森井香衣被安排至大成國中。隨行的有文化局高先生及文藻大學志工趙同學。一進學校大門，就被該學校以鼓隊及同學列隊歡迎的蓬勃氣勢愣住了。緊接著在黃教務主任的帶領下被接待到音樂廳，享受到國樂演奏「草蜢弄雞公」、「關仔嶺之戀」、「快樂的馬車」等歌曲暨「官將首」、「三太子」民族舞蹈的高規格禮遇，實在讓我受寵若驚。

森井詩人是PPdM（即世界詩人運動組織）駐日代表，獲獎無數，她受此禮遇當之無愧。反觀自己在詩的領域上，只限於打牙祭，真愧對同學們熱烈的掌聲及捧場，想今後得要好好加油。

森井當場以日語朗讀詩歌〈海景〉，配合中文簡報：「小小的島有島歌／一曲像太陽燦爛島上群花／海是自然恩惠／生命邂逅地」，她聲音清脆嘹亮，加上此詩與台灣情景相似，得到大家共鳴，掌聲不斷。當天同學發言踴躍，有的甚至問道寫作題材，森井沒當面回答問題，反問他說：「你有沒有數過星星？」讓同學大笑不已。這真是一場愉快的交流，沒有標準答案，有的只是彼此體驗的認知與共享，談的是生命的過去與未來；而現在的際會，是為了提升更美好的未來。這希望的種子，我們藉這次的交流看見了。

事後，聽說有些學校還安排當場朗讀師生之作給詩人們

聽。每個學校的作風雖不同，但是都讓人感受到學校的用心與
熱情。趁這詩歌節讓學生與大師交流，相信假以時日，一定會
迸出生命火花。

大成國中的「官將首」

4. 舞與詩

　　古人說詩中有畫，畫中有詩，現在人則進化到以舞吟詩，以
詩蹈舞，9月3日的繆斯之夜「詩與舞的共構」，便是這場饗宴。

　　藉肢體語言來詮釋詩，將詩的抽象形式轉化為具體行動是
一種創意表達。顏艾琳〈孩子磁場〉作品裡的「在有光的地方
／我是你的與影子」之詩，藉由手電筒遠近角度的不同，轉換
變化多端的影像，時而疏離、時而纏綿；以一只道具，借舞姿
表現出母子磁性的強弱，非常吸睛。林佛兒的〈重雲〉，憑一

介肢體扭轉與迴旋，配合鋼琴音樂或伸或曲，看似無意卻有情，激發人的想像空間，令人回味無窮。而感受到身為台灣人的悲哀，林宗源〈講一句罰一元〉之詩，敘述那一段你我有過的傷痕，讓已麻痺的神經，又隱約抽痛。方耀乾的〈阮阿母是太空人〉，說母親必須靠呼吸器過活的景象如太空人，無須描述母親的苦，這太空人三字便道出了母子辛酸及情深的一面。利玉芳的〈玫瑰花情〉舞出浪漫新娘的微妙思緒，很是傳神。林梵〈花鳥島〉與李魁賢的〈鳳凰花開〉，舞者群舞尬出台灣味，這與異國風情獨舞Thracy所作的〈詠伊麗莎白·布朗寧〉之詩，兩相比較，顯出兩者迥然不同的韻味，引人遐思。

詩人Maggy康比亞舞

〈重雲〉之舞

　　在中場，Luis的妻子Maggy（歌倫比亞詩人）穿著拉丁民族衣裳，紅白裙舞配合輕快旋律，帶動觀眾情緒，讓現場很Hight。她的舞襯托出Luis之〈Pachamama Ⅲ〉一詩深沉的哀傷，「我在不明不暗中跋涉多少歲月？」這句，讓人感觸良多。

　　每齣舞劇觀眾都報以熱烈的掌聲。我看那些詩人拚命想錄

影，又擔心影帶不夠，中途只好放棄的無奈，感覺這場重頭戲，已贏得他們的肯定與喝采了。

5. 詩路‧潟湖落日誦詩

9月4日與詩人赴成大聽演講、朗詩並參訪孔廟、奇美博物博物館。當夜，赤崁樓有爵士樂團演唱，我個人並未出席，事後頗感遺憾。翌日，參訪佳里公園北門七子碑，與吳新發家人合影，訪香雨書院、方圓美術館等，中午在台灣詩路享受到一頓別出心裁的午宴，原來幫我們準備餐飯、傳遞桌菜的竟是詩人林明堃。飯後老闆變詩人，還吟詩餘興，真是讓我們很驚豔。我想外國詩人們也與我一樣，訝異不已吧？如同北門七子內的林清文，竟是林佛兒的父親，也讓我等見識到基因的傳承，可以明證。

「這是我父親」林佛兒說

佳里公園七子碑之一（左前森井與 Margarita詩人 右為解說員）

　　北門七子碑與台灣詩路是古都台南人的驕傲。在京都有哲
學之路，廣島縣尾道的一個小鎮也充滿了詩意石碑及當地作家
寫作背景、電影取材的介紹，令人流連忘返、徘徊再三。台灣
最近幾年也流行石碑詩，只是有的要不就是限於經費不足，流
於形式；要不就是因應潮流，感覺不是很用心地在打造詩人寫
詩的氣氛，立碑反成了觀光的礙腳。可是在這裡，北門七子
碑、以陶板烙詩的台灣詩路，感受到文人與烙詩的結合，詩碑
有了靈氣；行走於此，兩旁木棉樹參差連綿，彷彿漫遊時光隧
道，詩的氛圍便起。尤其在一位唱作俱佳的女解說員的唱詩
中，耳裡盡是迴盪著「四季紅」。

　　車往藝術家楊明忠宅行，在這裡也是驚喜連連。除了整宅
是藝術品外，庭院雕刻之美女、景物栩栩如生；後宅湖如鏡，
岸邊獨木舟閒置、湖旁鞦韆回盪，很似圖中畫。在一位可愛
才11歲女演奏者的吉他演唱下，加上東方科技大學餐飲系的師
生，以精緻的點心、細膩的思維招待，我等享受一頓五星級的
午茶時刻。當然活動的主題，不限於此。詩歌節執行長林佛兒
與李若鶯夫婦的安排下，Luis接受了大會贈送的楊明忠所雕刻的
「青鳥」。Luis在致詞時，感覺他眼眶紅紅地、似乎要落淚。

　　離開藝術家，車奔往潟湖。以潟湖落日餘暉為背景，誦
詩。彩霞繽紛整個天空，輝映湖面，湖面以金黃、橘紅渲染，
陣陣波動的漣漪回應今天的際遇，我們在此誦詩；畫面是天然
的，我們陪夕陽，以詩為歌，畫下今日完美句點。

　　首先以Luis的永恆之愛揭開序幕，接著Maggy的等待夜晚

的來臨，何妨喝一杯咖啡。Augusto（阿根廷詩人）吟詠出淡淡的憂傷，昕余（中國詩人）感情澎湃，歌頌Formosa如繆斯美麗的明眸綻放海的恢宏與遼闊；秀實（香港人）簡短有力，還在聆聽中就結束；Oscar（薩爾瓦多詩人）充滿浪漫低語道：幸福底表情也比不上微笑的回聲；森井歌詠大海與太陽的輝煌、沉靜且孤獨心靈；夜色黑紗籠罩之前，張德本以宏亮聲響，以台語唱出「自由e海鯨，世界欵Taiwan」，由強轉為低語三唱Formosa，為今天行程畫下美好的Ending。

詩人張德本的Formosa

6. You are so sweet

　　9月6日，今天是詩人們在台南繆斯之旅的最後行程，走訪億載金城、安平古堡、劍獅埕及最後一站樹屋。

　　天氣很熱，走往劍獅埕的商店街時，我時而與森井時而與Maggy走時在一起，隊伍拉得很長。途中，感覺Maggy很熱、

很渴，於是我走到賣冷飲的攤販，用破英文問她想喝什麼？可能她不了解我的意思，她說NO，然後以一連串的西班牙語回我；我不懂她的意思，直覺的反應是她似乎說她沒帶錢出來，我回答說我有錢，我請客；但可能是破英文表達的不好，她說NO，於是我只好放棄買飲料，但是一路上還是感覺到她似乎很渴，很想要水喝。

　　我不知如何表達自己的語言感到很懊惱。走了一段路，忽然看見路旁有一對老夫婦在賣桔子檸檬汁，這回我不再詢問Maggy的意見，直接衝到攤販前，要了三杯，這時剛好文藻大學幫忙口譯的志工來，我告訴她，一杯請Maggy、一杯是給她先生。藉著同學的傳達，Maggy接下了桔子檸檬汁，一口氣喝了好幾口，她告訴同學說她幾乎很想連她先生的份也喝掉，我聽了連忙將自己的份給她，畢竟我是有攜帶開水來的，買飲料也只是陪她喝而已。她接受了我的飲料，說了一句我聽得懂的英文：「You are so sweet。」嘿！原來sweet是這樣用的。我好像發現語言的新大陸般，開心不已。一路上即使燠熱，可是這一句sweet，讓我涼到心頭。

　　最後一站是樹屋。百年老榕樹氣根糾結盤纏與屋共生，自成奇景。有人說頗似小吳哥窟大樹盤踞的「塔普倫寺」。不過，小吳哥窟的樹高挺拔，其根粗壯巨大，而榕樹氣根較細但寬廣茂密，各有千秋。樹屋經專業規畫，可延木棧道穿梭其間觀賞氣根之纏綿，人、樹、屋各取所需，可說是個很環保的綠色之旅。

有一景是屋與樹間的隙縫，氣根盤踞，人很難穿越，但卻是很好的照相取材背景。大夥兒紛紛來這兒擺姿態，或搔首或沉思，不論傾斜仰正，每個角度都很上鏡頭。哥倫比亞的Mario似乎很中意這景，拍了不少獨照；想將來出詩集時，說不定這就是封面頁。

詩人Mario Mathor封面照

行經「德記洋行」時，有街頭藝人在拉二胡，是羅密歐與茱麗葉的〈綠袖子〉，有位牙買加酷哥詩人Malachi，率性以此為背景，誦詩起來。

酷哥詩人Malachi朗詩

7. 閉幕晚宴

　　9月6日夜6時，詩歌節的閉幕晚宴準時開始。除了正式的開場白外，詩人們對舉辦單位的用心讚譽有加。Luis說他想移民台南，Mario來台灣的詩作是「想飛」，他說目前的心聲是想停留在台灣。

　　眾多詩人發表感想，除了感謝台南賴市長能舉辦這國際詩歌節、支持這項活動外，共同的感覺是：台南可稱為文化之都、世界之都的台南。森井說，舉辦詩歌節同時兼具學校交流，是一石兩鳥，值得仿效；畢竟學校教育是「百年樹人」，散播詩的種子沒有比從學校開始更好的了。台灣人應承繼先人所留下的成果，繼續發展屬於自己的文化特色。

　　晚宴裡，大家也對這次擔任口譯工作的同仁，如政大古孟玄、靜宜大學簡瑞玲二位教授及文藻大學西班牙語系的學生，表示謝意。沒有他們這些工作人員，這詩歌節的交流就無法圓滿的溝通。末了，要感謝李魁賢詩人的策畫及林佛兒、李若鶯夫婦細心的接待、聯絡每一項的環節，使得每項行程都能順暢達成。據李若鶯老師表示林佛兒擔心每一項環節的聯接，有些路線事先自己就走了好幾次。原來如此。一項活動的成功，背後都有一些不為人知的辛苦；然而就是這樣，我們才感受到主辦單位的用心。

結語

　　這一趟繆斯之旅，收穫不少，不但增加見識同時也了解自己的不足。而要記載的感想、心得實在很多，很難提筆。葉石濤紀念館前的植樹、陳志良等書法家的揮毫、武道館音樂家黃南海夫婦的聲樂高歌、日本舞蹈、香雨書院李重重、李伯元等之書畫，還有許達然、林瑞明教授的演講、台文筆會、台灣羅馬字協會的台語吟詩等，都沒寫入，可見這詩歌節活動的多彩多姿。賴市長在開幕典禮說要打造台南成為世界之都，相信台南福爾摩莎國際詩歌節，是重要的第一步。台南之都已給這些外國詩人們，帶來心靈的悸動，而藉由詩的交流際會，更讓我深深體會到：「海內存知己，天涯若比鄰」。再見，朋友，Gracias！

註：本文刊載〈鹽分地帶文學〉60期　2015.10月，文詞略刪修。收錄於
　　《福爾摩莎詩選》（台南2016.1）。

此景可待成追憶　億載金城合影

2016淡水福爾摩莎國際詩歌節紀實

前言

　　2015年福爾摩莎國際詩歌節首次在台南舉行，獲得熱烈迴響。參加的詩人們回國後以詩大力吟詠福爾摩莎的美與人文景觀，提昇台灣在國際上的能見度。世界詩人運動組織（PPdM）亞洲區副會長李魁賢有鑑於此，今年選擇故鄉淡水，作為國際交流場域藉以提升優質文化都城的地位及能量。

　　「2016淡水福爾摩莎國際詩歌節」的主辦單位為淡水文化基金會，安排七天的國際詩文朗讀、創作交流活動，並在淡水殼牌倉庫規畫《詩情海陸》詩書特展；長達20天展期，讓大家可在這場展覽中瀏覽並欣賞國內外詩人的詩集、創作手稿及詩。在網路盛行時代，除了可透過多元媒體閱讀此項活動訊息之外，身為一個出席者，覺得有紀錄之必要。本文記載七天之旅，將所見所聞略作整理，分享參與暨關心此項活動的讀者。

9月1日（星期四）　迎賓／詩情海陸‧詩書特展

　　2016年為期七天的淡水福爾摩莎國際詩歌節，9月1日午後於淡水殼牌倉庫揭幕。當天4時報到，國內外詩人搭乘淡水城市文化街車瀏覽淡水五虎崗的景點。5時半左右，在淡水文化園區──殼牌倉庫C棟「藝文展演中心」，揭開「《詩情海陸》詩書特展」暨詩集新書發表會，由李魁賢主持。典禮開始前，先由一群原住民的年輕學生表演高山青舞蹈，他們的熱情表現帶動會場氣氛，顯得生氣盎然。主持人介紹此次淡水福爾摩莎詩歌節，共有8國參加，11位外國詩人暨16位國內詩人共襄盛舉。「福爾摩莎國際詩歌節」去年首次在台南舉辦，獲得相當大的迴響，今年在故鄉淡水舉辦，將故鄉的美介紹與會的來賓，並感謝淡水文化基金會的熱情主辦，以及各單位的支持。

　　淡水文化基金會的許慧明董事長致辭時，說明基金會舉辦這次的活動，主要目的有三：

　　1. 促進國內外詩人的交流。

　　2. 希望淡水能成為聯合國認定的世界文化遺產城市。

　　3. 期盼各位詩人朋友喜歡淡水，藉李老師推動鄉土情、
　　　 詩歌情，進而推廣至世界。

　　對於許董事長的用心及期許，大家抱以熱烈的掌聲。詩人們在介紹自己新書時，同時也朗讀了他們的作品。以下便是當天所介紹的詩人及「含笑詩叢」、「名流詩叢」新書。

謝碧修《生活中的火金星》

陳秀珍《面具》

利玉芳《燈籠花》

凃妙沂《心悶》

林鷺《遺忘》

楊淇竹《生命佇留的，城與城》

森井香衣《66詩集——大地震·海嘯和福島》

阿米紐·拉赫曼（Aminur Rahman）《永久酪農場》

　　如同碧修在書中所強調：「書寫對我來說只是想分享內心的感受與感動！而這些詩篇就像生活中的小火花，帶來小確幸。」秀珍朗讀詩作〈淡水〉，「火車運走一節一節舊時光／捷運列車搬來一波一波新人潮」不刻意雕琢文句，平凡卻著深意。玉芳說出書就像生孩子，很難產；〈燈籠花〉是寫生活中的感情。妙沂說，小時去祖母家，祖母說沒看見你，心悶你。她以台語唸出〈心悶〉，把失戀心悶的感覺唸出來了。林鷺表明寫詩是為自己，從沒想到會成為專業。她朗讀〈遺忘〉：「遺忘偉大／遺忘微不足道／遺忘隨風而起的／飄零」。楊淇竹的從台北、東京、舊金山到聖地牙哥，等待城與城之間記憶的累積——新書《生命佇留的，城與城》，她寫詩經歷年輕，卻是很具潛力的一位新秀。

　　日本的森井香衣藉由1945年8月廣島、長崎遭受盟軍原子彈轟炸說起，歷經66年後，2011年3月11日福島大地震，引起

海嘯及核災複合性的災難，以66首詩表達人民心中的痛。她唸著〈人民〉：「正在下雪／人民冷得瑟瑟發抖／沒有外套、沒有毛毯、沒有食物／正在下雪／補給無法送到地震受害者／沒有油、沒有車……／最糟的是補給貨車停在福島附近／人人害怕輻射／廣島和長崎轟炸後66年／日本人深深悲痛」。她表示寫詩如同她心中平時埋藏的小石頭，寫詩時便把小石頭一個個挖出來表達內心的想法。

最後，來自孟加拉的詩人阿米紐·拉赫曼（Aminur Rahman），談到新書《永久酪農場》說，很佩服李魁賢在短短的一個月內翻譯《孟加拉詩一百首》，預計明年出版後，要在達卡舉辦新書發表會。他參加過很多的詩會，這是首次帶書來唸詩。不管是否詩人，鼓勵並期盼大家推動詩、文化，讓世界看到詩的台灣。

接近尾聲時，薩爾瓦多詩人歐斯卡（Oscar René Benítez）舉手表示很訝異在座的台灣新書發表，都是女詩人。李魁賢回答說，台灣女詩人其實很少，《含笑詩叢》是特別為女詩人策畫出版的套書。

曾是總統府資政的趙守博與阿米紐是舊交，趙守博稱讚阿米紐是一位成功的商人，認識他六年之久，只知道他是藥商，沒想到他會寫詩，而且是名詩人。言談中不斷露出驚喜，兩人相見甚歡。

7時多，新書發表會結束後，大家便在殼牌倉庫陳設詩人的詩及書籍、手稿桌位瀏覽、拍照。每位詩人的展覽位置均有

美麗的花草裝飾，讓人感覺主辦單位細膩、體貼的一面。

淡水殼牌倉庫合影

　　迎賓晚宴於福格大飯店餐廳舉行。李魁賢表示有兩位印度
詩人因未順利獲得簽證，以致無法成行，甚為遺憾。淡水文
化基金會的執行秘書顏神鈦秀出詩歌節的T恤裝，以此次活動
的主軸「詩情海陸」為題入畫——淡水的夕陽（為顏神鈦令尊
顏志新所拍攝）、紅毛城、媽祖廟、大船入港等畫面配以橘紅
鮮豔亮麗色彩，背面為橫式台灣圖標誌，印有「淡水福爾摩莎
國際詩歌節」漢英字體。這T恤代表淡水兼具海陸之美，呈現
文化之都意象，期盼淡水藉由這次活動，把城市之美及文化推
展到世界詩壇。約近9時，晚宴將結束時，哥倫比亞詩人馬里

奧‧馬索（Mario Mathor）與突尼西亞女詩人赫迪雅‧嘉德霍姆（Khedija Gadhoum）趕到，現場掀起一片歡呼。馬索是第二次來台，見到許多熟面孔，很是高興。

結束晚宴後，碧修與我同搭乘電梯時，同行的厄瓜多爾詩人安德列斯（Andrés Rivadeneira Toledo）表示要去五樓卡拉OK唱歌。我倆很驚訝，怎還有體力及心情唱歌，畢竟大家都遠到而來，至夜晚應該很累了。由於好奇，我倆稍後去探究竟。發現這哪裡是卡拉OK？只見安德列斯在五樓商務室打開電腦，在youtube搜尋喜歡的歌星，然後隨歌星開懷大唱，自得其樂。他表情豐富又熱情澎湃，手舞足蹈，唱得甚是激動，讓我們也觀賞到其性情的一面。這一天的活動就此結束。

9月2日（星期五）　淡江大學／國際詩歌論壇

早上近9時，福格大飯店客廳彷若一個小聯合國，台語、華語、英語、西班牙語等夾雜問候，好不熱鬧。眾人在集合後，前往淡江大學參加詩歌節的開幕儀式暨「國際詩歌論壇＠淡江」活動。沿途兩旁商店櫛比鱗次，車一路爬坡。淡江校園綠意盎然，抵達「覺生國際會議廳」時受到同學熱情接待。會場上已有淡江師生及國內詩人在座。約9時半左右，由司儀介紹各國來賓，除上述詩人外，尚有孟加拉賈希杜爾‧哈克（Jahidul Huq）、伊拉克雅遜‧阿爾巴卡特（Ati Albarkat）及阿米紐夫人、Oscar夫人，與馬索同來的基金會經理Gloria等

共11位；國內則近30多位詩人參與。

淡江大學張家宜校長首先致辭，說今天淡江大學詩意非常濃厚，國際化是淡大辦學的理念之一，淡水國際詩歌節也是在地活動的表現，所以淡大的文學院暨外語學院所有的系主任都投入並參與這項活動，此項活動也是淡大慶祝66週年校慶系列活動之一。淡大推廣詩歌不遺餘力，目前有「驚聲」及「微光」社團。她並舉例贈送給詩人的《城市中之森林》這本圖文並茂的詩集為例，此詩集便是由中文系與外文系的校友聯合製作而成的。

李魁賢以策畫人身分上台致辭，介紹出席的各國詩人。他說世界詩人運動組織創立於2005年，以正義、自由、平等、人權等普世價值為宗旨，目前會員已超過9,200人，涵蓋全球五大洲和阿拉伯世界，共有138國。PPdM每年於世界各國舉辦詩歌節活動，以拉丁美洲為主。去年為慶祝成立10週年紀念，首次選在亞洲台灣的台南舉辦。今年為配合淡水文化基金會欲推動淡水成為世界文化城市之目標，特別選在淡水舉行。截至昨天4時，確定印度詩人簽證無法下來，因而總共有7國9位外國詩人出席，國內詩人則有16位應邀參加。這次的詩歌節希望推動淡水從風景的故鄉，提升轉化為詩的故鄉。

許慧明董事長也代表淡水文化基金會致辭，表示很高興主辦這項活動，基金會與很多淡水人都很期待今天的來臨；他們也很驕傲淡水出現了一位世界級的詩人，即李魁賢老師。希望透過詩歌節讓世界知道，淡水是一個擁有如此美麗文化、風景

的都城；並希望能將此次的活動變成一項傳統，期待每一年都能在淡水舉辦福爾摩莎國際詩歌節，衷心期盼各位詩人在淡水能激發靈感，創作至情詩篇。

淡大文學院林信成院長表示，淡大提供每位外賓都有一位隨同翻譯人員，可見淡大對這項活動的重視。外語學院陳小雀院長說外語學院也把詩歌當教材，希望同學透過詩歌了解文化、語言；此次活動外語學院能參與，受惠良多。

約10時半左右，在校長、院長及新北市蔡葉偉議員、許慧明、李魁賢等眾人的圍繞下，開啟點燈儀式，一顆象徵地球，也象徵圓滿的電子水晶球秀出彩色的「2016年淡水福爾摩莎國際詩歌節」字樣，掀啟了儀式典禮的高潮。

淡大校長（中）暨國內詩人合影

中場休息時間，開放媒體記者採訪。對於國際詩歌節能結合社區、學校的合作是最好模式。在場的詩人與大家交換名片或詩集。森井的《66詩集》與淡大的66周年校慶，數字不謀而合，引得校長格外關注，她也順手在詩集上簽名贈書。國際交流時，偶爾會有意想不到的巧合，這時候的情誼便顯得十分珍貴。

近11時，由今年第35屆行政院文化獎得主李乾朗教授演講〈淡水的歷史與藝文〉，說明淡水的今昔風貌。淡水舊名滬尾，是台灣最早與西方文明接觸的一個港口。300年來，各地方人口增加，為何淡水反而比較平穩？原因有二：一是當年航運方便，可以溯河北上，所以在淡水停留並不多；二是台灣城市大多是往平地發展，而淡水平地較少。

李教授演講內容可歸納如下：

1. 原住民：七千年前淡水便有人類居住，以凱達格蘭平埔族為主，與中國、日本來往停泊船隻從事貿易。

2. 外國人及建築：16世紀西班牙來台，1628年建築了「聖多明哥城」（San Domingo）即今日的「紅毛城」。1642年荷蘭人趕走了西班牙人，重建新城並招攬漢人開墾；至1661年鄭成功趕走了荷蘭人，此時表現在建築上便是洋樓、台灣廟的中西融合景觀。

3. 漢人閩客移民暨寺廟之興建：最早興建的是媽祖廟、福佑宮等；閩、客不和，客家便建鄞山寺。1884年清

法戰爭的滬尾戰役時，淡水甚至把神像擺置最前線，法軍敗，光緒皇帝曾御賜清水巖祖師廟「功資拯濟」匾額，頌讚祖師顯靈助陣建功的佳話。福佑宮、鄞山寺、龍山寺及祖師廟合稱淡水四大古廟。

4. 1860年代開港通商後的浦頂洋樓：1860年代淡水不但在貿易上獨佔鰲頭，也成為西方文化登陸台灣的門戶。浦頂以洋樓、學校林立而聞名，是外商洋人的主要居所，也是馬偕在淡水的發祥地。馬偕在此建立教堂（淡水禮拜堂）、醫館（滬尾偕醫館）、學堂（牛津學堂）。台灣很多的第一，淡水就佔了不少。加拿大出生的馬偕傳教士迄今仍深受淡水人愛戴。畫家喜歡以浦頂入畫，如1930年代倪蔣懷、1960年代的陳慧坤、1970年代鄭世璠及1980年代李石樵、日本畫家木下靜涯等的淡水畫作，都喜歡以浦頂角度描繪淡水美景。

5. 日治時期的近代化建設：日本殖民政府興建鐵路、現代建築，如國民小學、醫院、郵局、火車站、銀行等都是日治時代近代化的建設，並建立消防隊及都市防災系統。在軍事上則建設水上機場、水上飛機、塔樓（測風向）、飛機起降管制塔台。淡水具多元化及國際觀，對淡水有貢獻的人，不分國籍都會受到尊崇紀念。例如馬偕博士，淡水為他雕塑馬偕銅像；當過淡水街長的多田榮吉，其住宅保留作為紀念館。

6. 二戰後的建築：如淡水英語專科學校（即淡大前身）、

淡水戲院等。淡水300年的歷史，如一對聯所寫：
「三百步　八千里／晃兩下　三百年」，淡水故事等
於台灣之濃縮。這裡天主教、基督教、佛教、道教並
存，不同種族、文化匯集於此；有豐富的人文景觀，
具包容性格。淡水醫生兼文學家王昶雄的歌詞〈阮若
打開心內的門窗〉經呂泉生作曲，由江蕙主唱，深入
台灣大街小巷，而江蕙她本身也是淡水人。

有聽眾發問，哪一項建築最值得推介。李教授回答山腳下
客家人建的鄞山寺。因信徒少，躲過了維修，是一座富原汁原
味的百年古廟；其所供奉的定光古佛從中國武平縣巖前城運來
台灣，為避免船運過重，只有脖子以上是木刻實心，身子則用
竹編織，所以摸起來身子軟軟的，「軟身神像」很特別。

李教授以約一小時的時間，把淡水300年的歷史文物，透
過照片、典籍，精闢入裡的解說，令人印象深刻；淡水的海陸
精華所孕育出來的菁英薈萃、多元文化，其來有自。

中午休息時刻，由於會場以簡報方式在牆面上秀出詩人及
詩的介紹，詩人們紛紛在自己的簡報上攝影、拍照。於休憩時
刻裡，藉此流動式簡報，既能閱讀詩歌，又能認識詩人，創意
心思，很令人驚喜。

下午2時為國際詩歌論壇，A、B兩組座談會分別由李魁
賢、林盛彬主持。對詩的文化見解就此展開多采多姿的對話。

厄瓜多爾詩人安德列斯在「你是一位詩人嗎？」的文

章中，提及詩的概念是受外界支配，而非獨自形成，也就是說，詩的意義取決於詩人，而非詩的本身。他認為詩的意義由四種條件構成：構詞（morphological），詩之所以為詩，必有詩素；語境（contextual），語境在文辭中；關係（relational），詩必出自詩人，但並非詩人所寫的都稱作詩；聲望（reputational），詩的價值來自作者的聲望。這是安德列斯對詩的詮釋。

哥倫比亞詩人馬索對自己成為詩人充滿疑惑，「我真的是詩人嗎？」答案是「詩，讓我成為我自己。」身心與土地連結，才能成為詩人。他將自己的新作《自然》與大家分享，並說抓住大自然才讓自己想寫詩、與樹木對話。寫詩，必須要抓住那靈感乍現的霎那，否則便會消失。去年他首次來台灣，寫了有關日月潭的新詩，但不知怎麼居然不見了。於是只好重寫新詩，但總感覺不順心；幸好他曾將詩以手機傳給妹妹，才獲得保全。

突尼西亞女詩人赫迪雅說，詩讓她走出傷痛。她書寫移民、轉達男女平等、努力打破社會加諸於女人的束縛。詩表達自己的情緒、傷心及夢想，並給予信心克服困難。她認為詩要帶給人們希望、夢想並能與人分享。

詩人張德本談論到台灣詩人受到政治干擾太多，希望有一天能純粹為詩而寫。生長在一個不正常的國家，台灣人何其不幸，要抵抗強權、專制、不平等的待遇；台灣人又何其有幸，在追求自由平等、獨立建國的心路歷程中，其抗壓性比別

國強；希望這些能化為詩的養分，教化下一代。他唸了一段
〈你想講〉的台語詩「你想講已經甲我拗斷／實際上／我是變
做兩塊雙倍／力量對雙頭湠向四方」。張德本的感性談話，讓
大家心有戚戚焉。談論心得後，大家各自朗讀所作。原本校方
預定談論詩結束後，安排眾人漫遊淡大美麗校園，因下雨不方
便行走，今天的活動便在論詩、朗詩中結束。

9月3日（星期六）淡水文化之旅／大禮拜堂・紅樓朗詩

　　昨夜大雨，有點擔心今天的行程，幸好早上9時出發時雨
勢漸緩。今天逛淡水老街三民街長達20公尺的「白樓故事
牆」壁畫及偕醫院、走訪多田榮吉的故居、拜訪古蹟最多的淡
水中學校園八角樓、第一女學堂、牛津學堂、馬偕紀念館，在
真理大學教師會館內享用午餐；訪禮拜堂、紅毛城等，進行古
蹟巡禮。

　　三民街的里長很親切
告訴來賓，畫家蕭進興所
畫這幅畫題名為「三層厝
白樓」，畫中群集處是台
灣第一座自來水公共給
水處。原來1896年日治
時代首次建置自來水設
施的便是在淡水。壁畫

訪多田榮吉故居

中展現白樓當時的洋樓豪宅其絕代風華，歷盡滄桑之姿影，今已拆除，物換星移，令人噓唏。

在多田榮吉故居日式建築裡，森井扮演女主人，跪坐迎接大家。入玄關要脫鞋進榻榻米，對外賓而言，是一項新體驗，這也是展現台灣多元文化的特色之一。

眾所周知，牛津學堂為加拿大籍傳教士馬偕博士所創設，後來由哲嗣偕叡廉發展成淡水中學，再改名為今之淡江中學。馬偕博士在台灣人的心目中，不止於醫學、教育、傳道的貢獻，他愛台灣的精神已列為典範。淡水中學歷經清、日，迄今百年老校，其古蹟及文物史跡、中西及日式合璧的建築，令他校望塵莫及。全台女子教育的濫觴便是「校史館」的前身，即「婦學堂」──台灣第一女學堂。淡江球場也是台灣橄欖球運動之發源地。由於馬偕博士的因緣，這裡的文物幾乎都與他及家族有關。外國詩人對馬偕博士均感到莫大興趣，其紀念館、銅像、墓園皆成為拍攝焦點。

教士會館自助午餐是由真理大學師生合作的餐點。餐會前，國際交流協會會長凃妙沂贈送國際交流貢獻獎給哥倫比亞的詩人Mathor（馬索），表達他寫詩宣揚台灣的謝意。餐會時間，林文昌校長以英語表示歡迎之意。把午餐設置於此，減少舟車奔波，顯示淡水文化基金會主事者的用心。餐點是綜合式料理，粽子、炒米粉、壽司、洋式烤肉、蛋糕甜點等多樣化，即使是素食者如賈希杜爾‧哈克（Jahidul Huq）也吃得津津有味、開心滿點。趁午休時刻，與森井、Oscar夫婦等

人跑去有「小白宮」之稱的前清淡水關稅務司官邸。途中，走
在馬偕街道，紅磚綠樹，古色古香，令人忘俗。從迴廊官邸望
去，可見觀音山、淡水河接海口景觀，真是美不勝收。有人在
拍攝婚紗，新娘一席白紗禮服亮麗無比，徵得他們的同意，森
井與新娘合影，留下難得機遇的紀念。

國際交流協會會長凃妙沂贈送國際交流貢獻獎給詩人Mathor

午後行程是真理大學的大禮拜堂及牛津學堂、紅毛城。西
班牙歌德式的真理大禮拜堂，這些都是我一直想參觀的地方，
今天能藉此拜訪，興奮之情難以言喻。除了周遭環境美得令人
忍不住邊拍攝邊LINE給友人分享外，禮拜堂內的管風琴更是
聞名全台。這是台灣第一高、第二大的巨型管風琴，1996年在
荷蘭歷經兩年打造而成，有著荷蘭傳統與法國浪漫的音色。只

見午後陽光透過彩妝玻璃射入金黃，一管管樂器亮光閃閃排列在舞台中，整個禮拜堂顯現出既傳統又現代化的設計氛圍，不禁湧起肅穆、莊重之情。透過真理大學駱雅音老師演奏與解說，一場音樂的饗宴便開展。首先演奏巴哈的曲子〈如果讓上帝引導你〉，音樂藉著那高達32呎的音管發出，迴盪在高聳而空曠的禮拜堂內，感覺音樂排山倒海而來，一顆煩躁的心不禁隨音樂而沉澱、沉浸其中。接著是〈讚美曲〉，雄厚而悠揚。再來是〈聖餐曲〉，覺得自己的靈魂都賦予上帝了。緊接著是〈變奏曲〉，音符四面八方而來；第五首〈WAN TA SI YA〉音嘎然而止；終曲是法國的〈大合唱〉，慷慨激昂；大家都陶醉於管音樂中，所謂繞梁三日，不絕於耳，便是如此吧？

約4時，詩人在此朗詩，因教堂空間大，音響效果非常悅耳。安德列斯的〈天父，求祢寬恕我們！〉唱作俱佳。馬索念新出版《自然》詩集內關於太陽的詩句，雅逸的〈路過〉：「我們觸怒死神／用我們未來的墓碑」。在這大禮拜堂朗詩，詩人們情緒澎湃，悅耳的回聲，讓他們感受到不一樣的心靈震撼。

牛津學堂與紅毛城是來淡水不能錯過的景點。在傳統四合院建築的台西合併的牛津學堂，又溫習了馬偕博士帶給台灣精神堡壘的殿堂經典。這裡是長老教會培育傳教、醫療、教育的基地，原本命名為「理學堂大書院」，是台灣所設的第一個西式學堂，英文名字為「Oxford College」，乃紀念馬偕博士家鄉Oxford捐獻及其本人之貢獻。想自己如果不是參加此次詩人

盛會，就無法具體深刻瞭解馬偕博士對淡水、台灣的貢獻。

　　紅毛城是今天古蹟巡禮的終站，令人特別難忘。紅毛城說明了台灣位置的重要性，不但是歐亞欲奪取，也是列強必爭之地。主堡紅牆外插設有西班牙、荷蘭、鄭氏、清朝、英國、日本、澳大利亞、美國及中華民國國旗等，曾領有該城之各政權旗幟，讓外國詩人眼睛為之一亮，紛紛拍攝入鏡。這些旗幟是台灣歷史的縮影，也是乖舛命運的證明；過去的命運無法改變，但是未來呢？藍天白雲綠地紅城，淡水觀音大屯詩人；凡走過必留痕跡，縱使物換星移，守護家鄉與這塊土地的連結，應是普世價值。

　　晚餐設在紅樓餐館，恰逢樓下舉行婚宴，正是下午遇到拍婚紗的那一對。在二樓，上帝正巧藉雲彩、夕陽揮灑大手筆，讓夕陽餘暉渲染整個天空；大紅、橘紅、灰藍、灰黑、暗黑，輝映淡水連海的景觀，整個色彩成為片片鱗光，閃閃金紗轉薄暮後，想希臘的伊亞日落，不也正是如此綺麗絢爛？目送夕陽離去，我見到詩人們的眼裡留下對淡水深刻留戀的一瞥。

　　夜晚7時，婚禮已曲終人散，代替的是咱詩人登場朗詩。背後舞台是昏暗燈影，很有詩意；可惜麥克風頻頻凸槌，所幸無損詩人熱情。英語、西班牙、華語、台語朗詩，配上淡大學生的翻譯或詩人各自找的詩伴朗誦，相互交融。儘管白天逛古蹟雙腳已疲憊不堪，但詩人興致未減；Oscar的〈樹的惡夢〉：「月光從樹葉反射／多情鳥在熱烈鼓掌」，很有當下氣氛；賈希杜爾與陳秀珍華語的〈蒙娜麗莎〉詩抑揚頓挫、收

放自如；林武憲的〈月光光〉童詩譜歌，響徹天籟，真是一絕。蔡榮勇請赫迪雅朗讀英詩〈母親，不識字〉：「不識字的母親／每個人的表情／是她感動的詩」，描摹母親，深情感人；莫渝、林鷺、碧修也紛紛登場，最後以張德本的台語詩〈福爾摩莎是一尾勇敢的海鯨〉作結。

9月4日（星期日）文化藝術之旅／水上詩會

位於淡水高爾夫球場與滬尾砲台間的雲門藝術園區，銅綠屋頂是依浮雲意象建造，倒V成山型的墨綠鋼材與淡綠玻璃幃幕，彷若樹林中的飛碟星盤。入門便見螢幕播出雲門精湛的舞技及美的身影，如果想觀賞螢幕中雲門的演變，勢必無法跟上導覽員的解說；由於用華語解說，雖有學生同步口譯，但畢竟跟不上導覽者滔滔不絕的說辭，所以詩人們便各取所需觀看。所幸照片很多，透過照片說明，經典舞蹈像〈水月〉、〈松煙〉、〈流浪者之歌〉，及台東池上的〈稻禾〉等，都引起注目的眼光。

雲門園區遠眺觀音山與淡水河出海口，占地約1.5公頃，戶外的朱銘雕像、羅曼菲在舞蹈〈輓歌〉中旋轉身影的青銅雕像，都是值得佇足的景點。孟加拉詩人阿米紐因腳傷，不良於行，與妻在戶外個別活動。雅逖面對朱銘的人像雕刻大發詩興，以它們圍坐為對象，朗讀詩歌，訴諸動作表情，引起行人激賞，阿米紐也不禁加入行列，讓雲門藝術園區充滿了詩的氣

氛與歡樂。

　　約近11時左右，詩人三三兩兩步行到「大樹書房」二樓，以叢林墨綠建築的雲門劇場為背景，進行詩歌朗讀。朗讀前，馬索以哥倫比亞白底V型紅線條傳統披服，贈送李魁賢表示尊敬與謝意。馬索似乎很喜歡朗讀〈自然〉一詩：「哥倫比亞就是自然」。安德列斯的〈天父，求祢寬恕我們〉再次登場，他面對天、面對大樹訴求，感情豐富，很有意境。Oscar唸了自己的大作，特別請張德本詩人幫他朗讀，張德本以台語唸出「你在我耳旁邊／說輕言細語的言語」，他屈膝俯前，闔眼感性演出的表情，贏得熱烈掌聲。接下也是Oscar的〈湖〉一詩。張德本以華語朗讀：「風景有如夢幻／天上雲彩／彼此相吻／日月潭透徹的湖水／永恆的笑容」，韻味十足。末了，張德本以台語唱「大家手牽手，愛台灣，救台灣」即興之作，配上他獨創的戲劇演出火車頭滾動出發的BOBO聲響，把朗讀的氣氛帶到最高潮，歡笑不斷。

詩人Ati面對雕像朗詩

大樹書房朗讀

　　賈希杜爾一襲孟加拉傳統服裝——藍袍，前胸咖啡、白色相錯花瓣片片如龍般花紋很是醒目。他朗讀詩佐以感性的孟加拉的民謠時，蟬聲齊奏伴樂，相得益彰。妙沂以台語朗讀〈西拉雅〉的詩，「老鍾會說西拉雅的語言／他們會說日語、台語、華語、英語，但是不會說西拉雅的話語／他們四目相視／但無法交流」；赫迪雅以英語朗讀〈西拉雅〉，感覺詩蘊藏的深意。陳秀珍特地為森井寫詩，並請顏雪花朗讀英詩，詩中感受到日本女性溫柔及作者貼心的一面。林盛斌的〈淡水，淡水！〉：「我從台北來／過了關渡／觀音山的笑容／就在河面上流盪／歡迎光臨／淡水，淡水／愛的招呼」，簡介了淡水的地理及特色，充滿了對淡水依戀的情懷。碧修的〈鳥與水〉：「在這片天空／我展翅／因水的滋潤飛舞出／更美更有力的人生」。音色鏗鏘，搭配簡瑞玲以英文朗讀，有人喊出Bravo！在整個朗詩的過程中，藍空綠樹為景，夏蟬也加入行列；微風徐徐，詩人或思、或歌、或吟，其畫面本身就是一首國際交響樂章。

　　午餐是在淡水高爾夫球場享用，也見識了高爾夫史蹟館的設備及台灣高爾夫的歷史故事。「名人錄」記錄了從陳清水至當今的曾雅妮，這些推動台灣高爾夫打入世界輝煌足跡的選手們，其原動力便是淡水球場——台灣高爾夫的根所孕育出來的。讓人感受到淡水真是地靈人傑、人文薈萃所在地。

　　餐畢，詩人們分國外組及國內組參觀清代所建築之滬尾炮台及「一滴水紀念館」日式和屋。滬尾炮台為中法戰爭之後劉

銘傳聘請德國技師巴恩士負責建造，由於未參與戰事，聽說為世界少有僅存完整的西式砲台之一。綠蔭遮天的苦楝花及老邁斑駁巨大的蓮霧樹，深邃的甬道，令人發思古之幽情。

「一滴水紀念館」為日式古民宅建築，黑瓦木造，屹立在和平公園內。這棟建築原建於1915年日本福井縣大飯町一棟的古民宅，聽說它由日本文豪水上勉之父水上覺治親手建造。據解說員說600多根梁柱沒有使用一根釘子，榫頭銜接方式超過20餘種，展現出登峰造極的木造建築文化。此建築遷移至此乃是為連結日本阪神大地震及台灣921大地震的台日情誼。館內匾額以日文寫著「一滴の水脈の中に無限の有為」（一滴水脈有無限可能）。這紀念館也是淡水新八景「埔頂攬勝」的景點之一，可惜外國組並未參訪。事後我告知森井，她甚表遺憾，說下回會特地來拜訪此館。

午後3時多，國內組的我們在和平公園亭內，閒聊暢談等候下個行程。

4時半左右一行人至漁人碼頭搭船，航行淡水河欣賞美景並朗讀詩歌。走過情人橋，漁人碼頭天空蔚藍如水，許慧明、陳淑麗夫妻檔及風球詩社成員也加入行列。臨行前，呂孫綾立委前來祝福大家並盼望多寫些屬於淡水的詩歌。船在小老鷹樂團年輕歌手撥弦吉他唱歌中，駛出1號碼頭朝關渡大橋前進。安德列斯拿起麥克風，以歌代替朗詩，真是性情中人。Oscar伴隨愛妻朗詩〈詩篇第五首〉：「對愛情我從未有任何要求，然而愛情給了我一切」；阿米紐〈盈月夜〉：「把全部

的愛保留在天空／以閃爍的群星圍繞／就在月亮旁邊」；雅逖〈當我是詩人的時候〉：「繼續旅行／從未奢望安全結束／我接近四十／不知道怎麼活過來的」；森井〈歸去〉：「櫻花盛開的島上／我在月影下深念你」；赫迪雅〈同樣告別〉：「愛情列車來了／卻趕不上／飛馳的列車／夜無名無姓在呼叫我」；莫渝〈微笑〉：「每一個時刻／聚焦對你的思念」；李魁賢〈聽海〉：「每當我在淡水海邊沉默以對／辨識海的聲音有幾分絕情的意味」（註：所記載詩歌朗讀以李魁賢所編〈詩情海陸〉為主，未必為當日所朗讀）；利玉芳與陳克明難得也拿起詩集朗讀詩歌；林武憲以詩搭配口哨，很有意境；陳秀珍也為簽證無法來台的二位印度詩人Askok及Korudu，朗讀他倆的詩作，雖未能出席，在此對他倆表達歉意與敬意。

在朗讀詩中，詩人們仍不忘記淡水夕陽的美。厚厚的雲層雖欲遮住夕陽，但見鵝黃白的夕陽把周遭渲染成橘紅、灰黑色澤；遠處鱗次櫛比的高樓大廈、觀音山彷如聯成一線的黯灰巨龍輪廓。再見了，夕陽。

船內，林盛彬一曲〈Historia De Un Amor〉（註：翻譯成我的心裡只有你，沒有他）贏得全體一致Bravo，再高亢〈Guantanamera〉（註：即關達美拉），全場High至最高點。船欲返航之際，碧修為籌備這次活動的淡水基金會執行祕書神鈦與他的未婚妻唱了一首深情款款的「月亮代表我的心」，祝福他倆百年好合。最後在神鈦的一曲「流水年華」：「他鄉風寒露更濃，勸君早晚要好保重，期待他日再相逢」，船漸漸入

港，接近離別，此曲道出了大家的心聲。

9月5日（一）三芝文化之旅／淺水灣朗詩

　　莫非是媽祖保佑，難得好天氣，沒雨，太陽也不大。一早首先是參訪二號倉庫、接著到三芝媽祖廟福成宮、三芝名人文物館，由三芝文史工作者周正義老師帶領導覽。

　　由淡水行經三芝，途中可見類似稻米的秧田，經莊金國解釋，才知是三芝名產筊白筍田地。這裡的筊白筍又稱美人腿，頗享盛名。原來筊白筍是這樣生長的，讓我很訝異。抵達二號倉庫時，令我想起高雄駁二藝術特區，對舊建築物給予翻轉、創新再活絡運用的構造。這倉庫以前是存藏米糧，目前打造成協助在地原創藝術家作品販賣處。許多生活用品及農場品透過精美創作，賦予它們新的生命。如畚箕、傘、茶具、碗筷，皆可視為藝術創作。像吳仲宗的胖女人陶藝、繪畫、雕塑，一系列可愛圓潤作品，看了真是令人愛不釋手。有些詩人忍不住掏了腰包購買，赫迪雅就買了迷你畚箕及小柿子，說這讓她想起了故鄉。

　　三芝媽祖廟，又稱小基隆福成宮，廟有大木匠

詩人Mathor於三芝媽祖廟

師廖石成、民俗雕刻大師黃龜理的作品。這裡的木雕文物都有歷史典故，如「劉備取關中」、「趙子龍單騎救主」等，對外國人來說，如不懂中國歷史就很難解釋。不過馬索似乎對台灣的廟宇有點研究；當住持給他一個守護袋時，他竟然還懂得繞香爐三圈然後戴上。

抵達三芝名人文物館時已近中午。名人文物館裡展示四位名人生平貢獻：台灣首位醫學博士杜聰明，首位國際作曲家江文也，首位民選總統李登輝，及具白鷺精神的政治家盧修一。聽說李登輝前總統的老家就在附近，我與森井興致勃勃想去瞧瞧；於是李魁賢老師特地帶我倆至遊客中心附近的一塊高地，指著前面說，這下去直走，再轉彎便見一個三合院建築的源興居就是了。由於時間的關係，我倆只好止步遠觀，然後各憑想像了。想下回有機會當再來一遊。

午餐是在一個名為「木屐寮農莊」的鄉土料理店享用。地處山邊，視野遼闊。農莊地瓜湯很甜美。餐後還享用老闆親手製作的甜點起司蛋糕，大家吃得滿心喜悅。

子隆山房鎌倉塾合影

接下來前往「子隆山房鎌倉塾」。在三芝接近石門右轉進入山區，循路不遠處，便見一棟彷如城堡的宅第矗立於山林之中，頗為醒目。一行人拜訪台北藝術大學造形研究所退休教授雕塑家張子隆先生，這棟藝術家園也是

他的作品之一。

　　眾人入園觀賞，張教授解釋他雕塑的理念說，他探索生命的緣起，創作看似腹部到臀部的局部，但其內是孕育生命的子宮。以渾圓光潤為他一系列的女體局部作品展出。由於可以觸摸，大家在撫摸作品後也禁不住讚嘆雕塑的光滑細致。屋內作品已讓人品味無窮，而屋外的建築環境，依山傍水，花草樹木，一景一物，無不巧如天然渾成。連生態池池水的蝌蚪、小魚都是那麼的優游自在，彷彿牠們天生就住在這裡，人工的隙縫被隱蔽了，代替的是景物與自然的融合。詩人們或坐、或臥；閒聊、漫步、沉思、觀賞，在這裡享受了一個世外桃源的天然幽靜。

　　由於張教授的夫人是日本人，所以與森井聊得很投合。為何命名為「鎌倉塾」呢？據了解附近的白沙灣海水浴場日治時代稱作鎌倉海水浴場，故以此命名。「塾」是私塾、教室之意。張教授希望自己作品能傳承、經驗分享並與同好交流。他贈送每位詩人「1＋11立體創作展」一套雕塑作品攝影明信片，讓大家喜出望外。

　　揮別「子隆山房」已近4時，由此回程順路往淺水灣海水浴場。淺水灣為半月形的沙灘美景，大家隨性散步。沙灘上可見不少貌美女孩穿著比基尼的泳裝，很是養眼。妙沂與我坐在搭帳的一個長凳上聊天，她說今天都還沒朗詩呢！「對啊。」我回答。「要不要來朗詩」她問。「好啊！」我爽快的答應了。於是站在沙灘上，以沙、海為背景，我們便朗詩起來。馬索、Oscar、赫迪雅、賈希杜爾、李魁賢、林武憲、安德列斯

也來了。最後是森井，她赤腳走沙灘，拗不過我們的請求，她唸了一首，末了，忘情地舉雙手成V字形，呼喊福爾摩莎。

在這藍空、大海、沙灘、夕陽下，讓人們很容易忘卻塵囂而融入自然美景中。

淺水灣朗詩，最左為李魁賢詩人　　　森井詩人雙手舉V勝利標誌

9月6日（二）校園學術交流／玻璃詩抄／閉幕晚宴

詩人們與學校師生交流是詩歌節重要的一環。我與森井、莫渝為一組，分發到淡水國小。

一早，開車接我們去學校的是教務主任楊老師。從楊主任口中得知淡水國小已有120年歷史，歷史悠久僅次於士林國小。我等一進入大禮堂，便被學生的二胡演奏所吸引。在王逸修校長的介紹下，展開與近百位四年級小朋友的交流。首先由莫渝開講，他介紹法國小說家兼戲劇、兒童作家的埃梅

（Marcel Aymé,1902～1967）所寫的《貓爪》故事給大家認識。故事中的貓會「呼風喚雨」，詩人也要同貓一樣呼風喚雨，常保語言文字的新鮮、活化與趣味。莫渝甚至把法國版及台灣版「貓爪」的封面秀出來，讓大家欣賞，創意十足且生動有趣。他告訴學生，觀察很重要。例如觀看一棵樹就有三種態度：實用、知識、審美；其審美態度便是觀賞心理。以作品舉例來說，他的〈樹〉「一棵樹／一棵樹／彼此孤離的兀立著／風與空氣／告訴著它們的距離（略）」，此詩有著自己感覺的審美態度；希望同學能寫出保鮮、創意的童詩來。

緊接著是我的時間。我以日常生活無處不是詩來談創作的題材，鼓勵同學寫身邊熟悉之景物。自己也列舉了童詩〈椰樹與月〉「椰樹將月／切割成千層片／月還她／一身的幢幢黑影」是寫我熟稔的家鄉潮州國小的景物。末了是森井香衣朗詩〈人民〉、〈校園靜靜的背包〉。詩述敘2011年日本大地震‧海嘯‧輻射的福島小學生景象。「海嘯退後荒廢的校園／不見人跡／一片靜靜無聲／許多淳泥的背包／不見學童影子／幾小時前，還是笑聲朗朗／在背包裡有／6歲學童筆記簿的小天使文字／8歲學童的快樂圖畫／12歲學童滿懷希望的長笛／母親傷心哭喊兒女／響徹靜靜校園」。詩記載著事實，大自然及人為的災難、人世間悲歡離合；透過詩交流，感受彼此之間的感情及關懷，避免禍害再發生。

小朋友也朗讀自己的詩作，佳作連篇。例如：張家榕的〈月亮姑娘〉「她臉上的美人痣／是那大小的隕石坑洞／她

全身用雲霧編織的毛衣／害羞時就躲在毛衣裡微笑」；江宜珊〈九份小鎮〉——礦坑「漆黑的礦坑／躺在基隆山中／早晨的時候／可以聽到蟲鳴鳥叫／黃昏的時候／可以看到美麗的夕陽／他是在享受年老的悠閒／還是在欣賞美麗的自然景物？」；林淵孺的〈祝福〉「我要告訴淡水國小／你是我心中的一塊拼圖／雖然非常小／卻藏著許多的回憶」；楊子嫻的〈祝福〉「在操場上／我努力的奔跑／雀躍的邁開大步向前／祝福一百二十歲的淡水國小生日快樂」。聽這些小朋友天真、毫不做作的朗讀詩句，真是一大享受。可惜限於篇幅，有些作品只好割愛了。期待這次的交流，能在十年後豐收。

淡水國小的素質，令人寡目相看。單就對我們提出疑問時，就知是有備而來。原來，在這交流之前，老師已指導同學針對我們的作品作功課。例如對森井的〈人民〉一詩，以選擇題方式問同學：為什麼正在下雪，人民冷得瑟瑟發抖？如果沒有讀此詩，是不會回答這問題的。對莫渝的詩，還特別標記台語的唸法，真是周到。林淵孺同學問我：「〈挑戰〉一詩裡的LPGA是什麼意思？」我沒正面回答。讓孩子有思考的空間，是發揮詩想像力的訓練，我讓他自己找答案。

淡水國小交流小朋友朗詩

午餐與校長一面吃便當一面聊天。校長贈送我們每人一本《淡水國小創校120年週年紀念專刊》。不愧是120年的

歷史，厚厚的一本很有份量。他介紹從日治時代即明治28年
（1895），就有了此校的前身，1897年第一任校長原田吉太郎
迄今連進福校長都有名列史冊，自己是這學期剛轉任來此，所
以沒記載。森井對於他細心的介紹，且專刊刊載日治時代的上
課活動照片，讓她很感動，說她發覺原來自己是來台灣尋根
的，感謝台灣保留了這些珍貴的記憶。

　　這趟校園交流收穫不少。當然，不只我們這麼認為，回到
旅館與別組對談起來，大家均異口同表示，這中小學詩文的交
流，學校不但以民俗舞蹈表演，還有管弦樂器演奏，來迎接詩
人，深深感受到各校的熱情及誠意。如此國際交流，但願能灑
下詩的種子，並期盼能發芽、茁壯。

　　午後，有殼牌倉庫導覽及淡水老街漫步等自由行程，隨意
參加。淡水之旅，已漸進入尾聲。

　　約5時，有人傳話往「淡水藝術工坊」集合，進行詩歌節
最後一項活動「玻璃詩寫作」。淡水藝術工坊位在中正路老街
尾段處，有「最綠的建築」之稱。四平八穩的大面落地窗，木
造迴廊，寬敞而有質感。在這玻璃窗寫詩，想對大家而言生平
第一遭。蔡榮勇隨詩順手畫了風景畫，馬索很認真的用漢字表
達意思：「上帝以自然且完美的方式，在人面前將祂的創作結
合，並轉化為夢幻詩句」，一筆一劃毫不苟且；安德列斯彷若
數學家，書寫長長的如幾何圖字般的據說是古拉丁文；陳明克
〈沙灘的流水〉：「不要催／我正看著沙灘／彎曲的淺流的水
流／能否及時流進夕陽？」滿有哲理；阿米紐與賈希杜爾的孟

加拉字也是一絕；雅逖的阿拉伯字如空中行雲；他的橫字體底下，森井努力日文直式書寫觀音、斜陽之景；莊金國不愧是老師字體工整有勁；利玉芳〈滬尾老街〉：「遠眺觀音山撥開雲霧的眼界／近看真理的彩虹懸掛愛之橋」，確實如此；張德本「叛逆是前衛的母親」，很有意思；楊淇竹〈淡水夜景〉：「夜，從義式咖啡機／一滴一滴／落入咖啡杯／撫慰／失眠的異鄉客」；Oscar寫英文？西班牙文？莫渝的〈守住小小方寸〉；碧修歌頌觀音山；林鷺〈海之約〉；林武憲的台語〈釣魚〉：「伊不知／水裡有魚的目屎」，有點傷感。6時半，晚宴的時刻已到，大夥兒轉移到樓上時，安德列斯還在奮鬥中。

詩人Andrés書寫玻璃詩

藝術工坊合影

　　閉幕晚宴由許慧明開場白，他首先祝賀大會圓滿成功，同時也希望詩歌節在淡水長長久久辦下去。接下來是文化部政務次長丁曉菁，祝福大家在淡水有一個美好的回憶。真理大學林文昌校長說，這次活動能辦好，其背後有許多年輕的無名英雄

在幫忙著。剛才的外國貴賓告訴他，台灣風景漂亮、乾淨，人民很友善，而年輕人非常有教養；這也見證了許董事長辦這次活動的用心及努力，以及李老師在工作上的嚴謹，國際上的地位，才有此精彩、優質的活動。丁次長及淡水區長屬於行政部門，能重視並協助整個活動，百忙之中出席此晚宴，是從事文化活動的福氣。

　　李魁賢的致詞很感性。總結如下：國際詩歌節是一個非常密切、接近心靈交流最好的一個管道。去年國內外詩人在詩歌節結束後，寫了很多有關台灣及台南的詩，編成《福爾摩莎詩選》。今年，相信出席的國內詩人也都有非常豐收的詩的創作成果，我也準備將它編成另外一本福爾摩莎詩選，彙集他們對淡水之美、淡水人情等等的欣賞與感想。經過這幾天的活動，詩人們都感受到淡水之美不只是外表，從人文，人與人之間的那種感情、親切的力量是他們認為最好的豐收。他們對我表示非常滿意，這當然是我們淡水甚至是台灣大家努力的成果，給他們一個好印象，吸引他們繼續來參加。對我來說，每次策畫這樣的活動，從3月到9月這半年時間是相當累人的；但是如能吸引國內外詩人共同來參與這項活動，我再怎麼累也都值得，因為我期許自己能資源回收，廢物再利用。很感謝文化部的支持，特別要感謝淡水文化基金會的合作、支援，工作同仁的熱情、有效率地來辦理這樣的活動，讓人留下深刻印象。

　　Oscar說，在淡水期間很自在，覺得淡水充滿活力與詩意。不但欣賞了美麗的河川山靈，也與同事、詩人進行深入

的交流，這項活動，讓我們有機會接觸全世界不同文化的詩人、不同文化的生活，這也是我們來的目的，很謝謝大家。安德列斯則很感性地說出霹靂啪啦的西班牙語，並朗詩，感覺他是在歌頌台灣。森井謝謝李老師的關照並吟詠和歌表謝意：「淡水の水面に映る詩の辺り／耳傾ける観音山かな」（圍繞著詩意的淡水水面倒影／於觀音山傾聽淡水詩歌）。多情秀珍感慨因簽證未能出席的兩位印度詩人Ashok及Korudu，吟詩回應兩位詩人，首先引用Korudu的〈震盪的心態〉詩句：「不斷湧動的想法／從結論跳躍到結論／從海岸跳躍到另一個海岸」，如連歌似的，她接下句：「（略）九月要用滾聲合唱／感動淡水夕陽／用朗讀詩聲／共振心房」。詩人們彼此惺惺相惜，雖無法見面，但藉詩傳遞心聲，起共鳴，這念力應是夠強了吧？

大家一邊享受晚餐一邊傾聽詩人朗詩。我看Oscar夫人很努力的用筷子夾菜，便示意她有刀叉，她搖頭，表示沒問題。是的，比起去年在台南時，她根本不會拿筷子，現在雖然還很生硬，卻進步多了。

晚宴中，再次感謝協助此項活動，除了當地的議員外，還有學校、團體如淡水第一信用合作社、將捷集團等的支援。由於他們對基金的贊助，使得行程得以順利進行。大家也對淡水基金會執行秘書顏神鈦，以及年輕生朋友們的投入與協助，報以熱烈的掌聲；有這群年輕團隊的加入，使得這趟繆斯之旅，無論是在語言上的溝通、生活上的照應（旅途中本人

曾遺失筆記本，團隊之一的王一穎很熱心地幫我尋回，在此
表示謝意）或行程上的銜接、異動，這群年輕人確實表現不
凡。淡水很美，但是令外國人讚美不絕，更加深福爾摩莎美好
的一面，便是這群年輕人，有很高的文化涵養。這看不見的
資產，卻提升了精神層次的內涵；可見文化的力量，不容忽
視。在每個人手裡捧著一份文化部鄭麗君部長的感謝狀及大家
的祝福聲中，結束了這場暨溫馨且充滿詩意的閉幕典禮。

9月7日（星期三）座談會／《66詩集》

　　原本要與「媽媽反核電聯盟」合作在台北舉行森井的《66
詩集》反核演講暨座談會，變更為10時於淡水殼牌倉庫C棟舉
行。在詩人李魁賢的主持下，日本詩人森井講述她寫66首詩歌
《66詩集》的內容，並藉由自己所親訪拍攝的照片，訴說311
東北海嘯與核災複合性災難所帶來的驚悚與悲痛。

　　森井表示在探訪福島浪江町時，感覺如果沒有核災，此時
應是村民炊飯，可以聽到嬉笑聲，在街上見到郵差宅配、從公
司下班、小孩放學的身影；而此刻，只見有紅綠燈、比鄰的街
道、住宅、校園，卻不見任何人影、聲音，感受到一股彷彿鬼
城般，令人戰慄的靜寂。

　　森井談到人類應重新檢討對於核能需求的必要性。強調古老、傳統的作風、智慧可以幫我們解決對能源的依賴。例如以打水、街道樹、風鈴、風道等，只要花點創意功夫，就可以不靠電力而達到去除炎夏炙熱的效果。現在我們享有便利、舒適生活及工業的生產，都是依靠著電力在供應，對沒有資源的島國來說，核能的廉價電力，其背後諸如處理廢棄物、地下水的影響、地震對策等，其實是非常龐大的鉅資在支付著。一旦發生事故，其損失嚴重威脅到國家的經濟命脈。地震、海嘯是天然災害，無法預測；但是核災是人為，可以防患。處於地震帶的島國，如發展核能就彷彿與危險為鄰，我們的「豐富」是建立在脆弱的基盤上，為了小孩的未來、後代子孫，我們應反省並探索追求新的能源政策。

　　森井侃侃而談，她也朗讀詩作〈像在月球〉：「這荒地／全身罩著白色防護的人／戴上防毒面具／這是我們地球的景觀嗎？／那會是美麗福島的景觀嗎？／核彈和人類／我眼淚流乾了／恐怖的景觀像在月球／他們的恐懼隨汗水流進防護衣」。月球對我們而言遙不可及，但是透過森井的照片及訴說，彷彿近在眼前，其景象令人戰慄。

　　日本是一個很守秩序的國家。當國家遇到天災地變，人民也都能謹守秩序，表現出高水準的國民教育精神。1995年阪神大地震的時候，災民守秩序，不亂搶食物、排隊等待救援等的現象讓人印象深刻。對於防災措施，日本政府所頒布的防災指南手冊也是厚厚一疊，防災步驟記載一清二楚，避免造成混亂。

　　森井詩人說地震接著會有海嘯，在東北地方有句諺語：
「海嘯來各自逃命」。這意思是說海嘯來得很快，沒時間顧及
家人，大家要在短時間內趕緊火速逃到高地才能保命。311大
地震，緊接著海嘯來臨時，有些學校的老師仍緊守防災指南手
冊所教導的全班先排隊、點名、報數，然後才整體帶出，離開
教室。因為教室有的在三樓，這些動作做完後約花費五至十分
鐘，再逃已是太慢了。反觀沒遵守指南手冊，而緊守諺語各自
立刻散開逃命的學校同學，反而得救。

媒體採訪李魁賢與森井詩人

　　森井詩人講述這個經驗，讓我覺得很訝異。我們認為可保命的防災手冊，有時反而誤事，而地方上的諺語一定有他的道理存在。再怎麼說，手冊只是參考，遇事隨機應變才是當道；而每一次的災變，一定有值得我們討論、學習的地方。日本與我們只一水之隔，311複合性災變，我們當引以為鑑。

　　這場座談會裡有許多詩人留下來聽演講，Oscar夫婦便是其中之一。淡大助理教授羅得彰、李文茹老師特地情誼相助幫忙英、日語口譯，使得座談會順利進行。不少媒體記者也趁空檔時刻採訪森井及李魁賢，讓座談會的氣氛顯得熱絡卻不失知性及嚴肅的氣氛。

　　淡水福爾摩莎國際詩歌便在座談會中結束。下午約3時左右，與碧修、玉芳、金國、榮勇等搭乘捷運離開淡水。在捷運上，望著窗外翠綠觀音山、悠悠淡水河逐漸從眼前中飛逝而過，感覺七天行程彷若黃粱一夢。但是面對詩友及裝得滿滿記憶的行李，這趟繆斯之旅將不是結束；2016淡水福爾摩莎國際詩歌節，將是重新認識台灣的一個重要契機，在此凝聚能量，整裝蓄勢待發；以詩會友，這國際詩歌節沒有結束，另一個開始正在進行中。

註：原文刊載於《福爾摩莎詩選‧2016淡水》（2017.1）此處略有刪修。

我思　我見　我聞

　　繼「2016淡水福爾摩莎國際詩歌節」之熱度，2017年淡水福爾摩莎國際詩歌節，在世界詩人運動組織PPdM亞洲區副會長李魁賢策畫，及淡水文化基金會主辦單位執行之下，9月21日起展開為期一週的國際詩文交流活動，正如主辦單位所言「磅礴登場」。一出淡水捷運站，便看見車站廣場及公車站牌前空間廊道，都有參加詩人及其詩的介紹，頓時覺得淡水充滿著詩的氣息。

　　抵達淡水是中午時分。由於距離會合時間還早，便在車站詩詞間左右流連、回味咀嚼昔日時光。不多久便遇見碧修、榮勇、秀枝、武憲、林鷺等人到達。大家對自己的詩被張貼在車站周遭瀏覽，很是興奮，彷彿是一家人似的，除了拍照紀念外，還不忘記對自己的詩詞調侃一番。

　　下午2時半在亞太飯店與李魁賢老師及主辦單位會合，看見這次來參加的外國詩人的詩展現在飯店廊道，訝異無比。想像外國人來此，不意發現自己的詩以此中文方式呈現，定有無限的訝異與驚喜吧。可惜這次日本詩人森井香衣有事無法前來，不過，她很體貼地託我帶來美麗風景明信片分發給詩人朋友，為數雖不多，但心意感人。約16點時分，國外詩人陸

續抵達，便分二車，搭乘文化街車導覽淡水五虎崗。導覽者為
賴淑玲老師，她口齒清晰，談起五虎崗如數家珍，與眾人融成
一片。如同她所言，淡水可愛之處，就是故事說不完。這個
「好山好水好地方，善男善女善知識」的地理、人文景觀，必
須要走好幾趟，才能體會到歷史傳統與現在融合的氛圍。五虎
崗的來龍去脈，彷彿是一個小福爾摩莎的濃縮歷史，值得細細
品嘗、體會。

　　17時半左右，車行至淡水文化園區殼牌倉庫，是詩書發
表會暨國內外詩人見面會場。國外詩人有西班牙的亞莉希雅
（Alicia）和卡洛斯（Carlos）夫婦、義大利安傑洛（Angelo）、
英國阿格涅（Agnes）、印度畢娜（Bina）及蘇基特（Sujit）、
摩洛哥達麗拉（Dalila）、突尼西亞／美國赫迪雅（Khedija），
墨西哥馬格麗塔（Margarita）、阿根廷里卡多（Ricardo）等，
及部分眷屬，共8國13人參加。國內方面則有李魁賢、李昌
憲、林武憲、林盛彬、林鷺，陳明克、陳秀枝、陳秀珍、張德
本與顏雪花夫婦、蔡榮勇、楊淇竹、謝碧修及筆者共14人出
席。（26日後陸續來臨的有利玉芳、簡瑞玲）。在〈阮若打開
心內的門窗〉的柔美音樂聲中及會長李魁賢，淡水文化基金會
代表許慧明會長的顏神鈦祕書等的介紹下，詩書發表會就此展
開。在展開之前，主辦單位特地邀請在地藝術團體「精靈幻
舞」舞者薛喻鮮演出佛朗明哥精彩舞蹈：〈黃昏的故鄉〉、
〈月亮代表我的心〉，動感十足的力與美之舞，鼓動心靈澎
派。如李魁賢老師所說，有詩、有歌、有舞、有帥哥美女的登

場，感覺這場淡水國際詩歌之旅，充滿了魅力與動感。

　　新詩發表會中，出版詩集《為何旅行》的林鷺說，喜歡旅行，不只是喜歡風景、人物，還有旅行途中所發生的故事。「我們因為錯過／所以偶然相遇」，林鷺朗讀著，感覺在旅行中不斷地發掘生活的哲理。在《忘秋》漢英雙語詩集中，她談到與女兒互動共同翻譯的詩，流露出一本詩集，背後隱藏著是家人支持的力量。秀珍說李老師是她寫詩的推手。從2015年參加國際詩歌節迄今，她出版三本詩集《面具》、《不確定的風景》和三語詩集《保證》。她朗讀〈金色海岸〉：「我正在練習／使心成為／一個沒有神的神殿」。秀珍感性強，書寫快速，令人咋舌。楊淇竹說一開始，不覺得自己會寫詩，與前輩邊學習寫詩，邊融入智慧談詩，目前已出兩本詩集。因兩年前生子，開始為小朋友寫童詩，所以出版的詩集中有30首是為孩子寫的。她朗讀了新書《夏荷時節》中的〈貝殼〉：「想努力聆聽／貝殼另一端／美人魚的／眼淚」，詩記錄了淇竹為人妻、人母的生命歷程。

　　李魁賢出版漢英雙語詩《存在或不存在》、漢譯《遠至西方——馬其頓當代詩選》（Olivera Docevska編）、《伊拉克現代詩一百首》（Ati Abarkat編）。在國外也分別出版英漢雙語詩集，有印度Bina Sarkar的《融合》，Sujirt Mukjerjee的《露珠集》，英國Agnes Meadows之《牆上的光》，另編有〈台灣心聲〉詩選西漢英三語本，由美籍突尼西亞女詩人Khedija Gadhoum西譯，在西班牙出版。李魁賢淡淡敘述這些

編選譯作，在一年中有如此成績顯示，令人瞠目咋舌，始知何謂「磅礴登場」；也不愧是2016年9月榮獲馬其頓第20屆以阿爾巴尼亞偉大詩人Naim Frashëri為名的「奈姆‧弗拉謝里」文學獎桂冠詩人得主的李魁賢老師。

　　Bina朗讀《融合》：「來時像分水嶺──／文字的協議／像鳥／發現／新的天空」；Sujit朗讀〈如果我是詩〉之詩：「如果我是詩／我會像花綻放／我的詩會散播芬芳」；Agnes朗讀〈伊斯坦堡時刻〉，讓人感受到她對和平的渴望。Alicia的給丈夫Carlos的詩：「請幫助我，愛人，我的生命交給你／讓我們一起走，把天空劈裂大開」，令人感受西班牙人的熱情。林盛彬的〈海島〉，用Formosa來書寫詩，很是深情：「我看見清綠絲巾／繫在妳腰際的水波／拍著風的古早歌謠／ForForFor／那是讚美的旋律／（略）原創雕工的山脈／從妳兩頰吹下的風／Mosa Mosa Mosa／那是永愛無息的旋律」。張德本感嘆台灣不是一個國家，羨慕國外詩人都有自己的國家，他以台語朗讀「台灣是世界的一尾海鯨／福爾摩莎是一尾勇敢的海鯨」，感情充沛，氣勢澎湃，令人動容。

　　詩人群集的殼牌倉庫，在紅磚堆砌的黃昏裡、柔和的燈光下，充滿了詩情畫意。這裡記錄了文化街的深度歷史，散發出獨特的品味來；有斯人便有斯景，這殼牌倉庫物語，將因詩歌節而更豐盈。

　　翌日近10時，往真理大學國際會議廳舉行開幕式。從國際會議廳的廊道窗外可以望見淡水及美麗的觀音山，阿格涅、赫

迪雅、亞莉希雅等不禁佇足眺望。李魁賢解說如何看觀音山的美姿，頭、胸是如何顯示。「原來如此！」Agnes、Khedija等人頻頻點頭。想她們回國一定忘不了這座山的倩影吧？真理大學林文昌校長致詞說，各國詩人齊聚一堂，是對台灣學術與創作有積極的提升作用。詩人寫詩是文學當中的精華，詩與歌是結合在一起的，今天的朗讀將會驗證這一點；我們應以謙卑之心享受詩人給我們如此豐富文藻的滋養，這是上帝的恩典。李魁賢介紹來參加的國內外詩人並以台語致詞說道，透過詩與世界各國交流，讓淡水成為世界文化都城，以此為目標，盼每年都能舉辦。

詩人報到（2017.9.22）

真理大學國際會議廳
（站立者為林文昌校長）

　　朗讀詩歌，以歌唱詩，由Angelo所作的〈Forever〉（永遠）起頭，他一口濃厚的歐洲腔調，唱出「請離開我，把知覺留給我夢裡／妳知道，我發現一生的動機／我依然有些想

念妳，那是最後機會」，歌聲渾厚、感情澎湃，讓聽眾陶醉不已。再一曲〈l am part of your silence〉（我是你沉默的一部份）「我們有夢想誕生，就必須令其成長／你的疑惑實現，集合幾個限制／守在心中，如今你在此，高貴情操／我們正處於消逝的陰影中」，Angelo的歌聲把我們帶入了彷彿是在義大利歌劇院聽歌般，欲罷不能，大家鼓掌叫好。接下來是秀珍朗讀〈九月淡水〉：「詩歌節／我們用腳閱讀／九月淡水／地圖」溫文婉約，詩精緻勾勒出九月淡水國際詩歌節之旅。最後壓軸的朗讀是李魁賢的〈我的台灣　我的希望〉。道地的台語發聲，雖似不經意地朗讀，卻句句滲入內心深處。「從早上的鳥鳴聽到你的聲音／從中午的陽光感到你的熱情／從黃昏的彩霞看到你的丰采／台灣　我的家鄉　我的愛」。以家鄉、土地、國家，分次連結為我的愛、我的夢、我的希望作結，字句工整；詩中以大自然、海岸雲朵、山林花草溪流，甚至岩石道路全方位闡釋對福爾摩莎的感情，真誠深切，有至情才有至文，所言非假。

接下來是副校長蔡維民的專題演講〈基督教聖詩與台語詩歌——從馬偕談起〉，依年代詳細闡述馬偕如何用平埔調傳教、唱聖歌，自己也依調獻唱了幾首聖歌，性情流露，令人感動。

午餐在教士會館內享用，這也是最休閒的一刻。來淡水已多次，但是卻是頭一次品嘗淡水的美食「阿給」，約手掌大的油豆腐內，包裹冬粉、魚漿、滷汁及獨特風味的醬汁，覺得很奇特，想必也引起外國詩人對台灣吃食好奇。餐後參觀教士會館珍藏的

馬偕史蹟、校園大書院，約2時半左右大夥兒移至大禮拜堂。此時陽光正熾，主辦單位周到提供礦泉水，很是貼心。

　　這哥德式的建築，充滿音樂氣息，是台灣最高兼首台設有32吩音管的管風琴大禮拜堂，聆聽詩歌節的開幕音樂會，簡直是夢寐難求。真理大學音樂應用學系的教授陳茂萱、楊聰賢等七位作曲家，以《福爾摩莎詩選・2016淡水》的詩譜曲，經由周美智、陳心瑩、林欣欣之三位女高音，夏善慧、李偵慈鋼琴家，以西式聲樂唱腔，表達出詩與歌結合之美。原來詩竟有以此種方式登場，始料所未及。女高音的圓潤歌喉唱出利玉芳的〈夢境猶新〉時，我自己彷若不知身處何處。去年九月詩歌節初次來此，沒想到匆匆已過一年，夢境猶新，而有些朋友已不復見，一期一會，珍惜當下，莫過於此。

淡水特色的午餐

真理大學音樂廳

　　約16時左右往紅毛城移動。夕陽西下，詩人腳步闌珊，觀賞紅毛城景物。紅毛城記錄著台灣昔日寫實的歷史——物換星移、改朝換代——這紅牆綠樹的所在，已成淡水地標。摩洛哥Dalila席坐於階，以阿拉伯語、義大利語及英語朗詩〈小時候〉；Angelo以此為背景，隨興演唱，好像是MTV般，我們聽得很過癮。當晚，紅樓詩歌朗讀時，據一位觀眾表示，她就是看見網路Angelo在紅毛城的歌唱而被吸引過來的。

摩洛哥詩人Dalila（右）朗詩〈小時候〉　　義大利詩人Angelo即興演唱

　　約17時半行至海關碼頭，等待夕陽落地平線。自紅毛城下坡歸途中，李魁賢老師見碧修不好走路，便好心問道：「要不要我扶你一把？」碧修口齒伶俐的回答：「我可是需要人家揹喔。」不意碧修有此回答，李老師哈哈大笑，我等在旁也開懷大笑起來。

　　因雲層覆蓋，夕陽可謂猶抱琵琶半遮面。夕陽、雲層、波

　　浪、小船，人在堤岸榕樹下，如此畫面美景令人神馳。此時大家紛紛拿起照相機，捕捉雲層中的夕陽餘暉，紅、赤紅、黑灰渲抹的大畫布，懸掛在海面上。

　　眾人走小巷至紅樓咖啡館用餐時，已入夜6時多。從樓上眺望對岸燈火輝煌，詩人也抖落生疏，熱絡起來。阿勇獨自拿筆作畫，忘了餐飯已涼。看他努力作畫的身影，我想到詩人秀枝也帶畫筆及詩作贈送，笠詩社執行編輯李昌憲則帶自種茶想與大家分享，可見大家似乎很珍惜此次的相聚，讓我覺得心虛，因我甚麼都沒準備。只見對岸整座山是燈火閃爍，高低有別，遠望竟似游龍。

　　約近8時，眾人移至廣場。水源國小的師生似乎已等候多時，眾人就坐後，杜守正老師便彈吉他與兩小孩合唱〈水源的孩子〉、〈上學去〉、〈天堂〉等歌，把氣氛炒熱。約40分鐘後，詩人們開始接棒朗詩吟唱。

李魁賢詩人與志工

林武憲童心未泯，朗讀童詩也唱童詩，童詩把林老師的心境變得年輕如赤子。透過詩歌，抒發情感，亦是提升、淨化自我心靈的修養。詩人在朗讀詩，不也是同時在洗滌自己的心靈？

墨西哥詩人Margarita母女

　　當晚，回旅館已近10時。雖然

疲憊，但是回味無窮。

9月23日（六）搭淡水捷運到新北投，參觀台北藝術大學是這天的重頭戲。由於印度Sujit夫婦到便利超商買高鐵車票，工作人員事先沒聯絡好，以為他倆在車站走失，虛驚一場。

抵達新北投，參觀新北投風華再現的百年驛站。1916年日治時期建築的火車站，經台日雙方民間團體的努力下，風華再現。當初只是為了發展北投區溫泉觀光產業而興建的驛站，如今成為文化資產保留下來。懷舊、念舊為人之常情，在拚經濟同時不忘過去的共同回憶，保存為文化資產，這說明了提升人文素質之重要。淡水文化基金會舉辦這國際詩歌節，建立優質文化、文化城市，何嘗不是基於這樣的理念？只是這百年驛站雖風華重現，裡面陳設卻新穎無比，少了古色古香的物件論述歷史滄桑，相當可惜。

步出火車站走路到綠建築圖書館、凱達格蘭博物館、溫泉博物館（整修休館），至新民國中午餐，其實並不遠，只是適

搭火車到北投的阿根廷詩人Ricardo

印度詩人Bina及Sujit

逢烈日當空，國外詩人有的盛裝而行，汗流浹背。幸好王一穎等工作人員，隨時備水，以應不時之需，很是貼心。

午餐在教室內享用，聽說由北投社區大學招待。除了為配合大熱天，特別煮竹筍湯消暑氣外，還有甜點西米露。這兩項都是我的最愛，讓我胃口大開。在大啖朵頤之際，覺得外國人可能不知這美味，便逕自拿碗筷盛湯及西米露給Ricardo、Angelo等人享用；事後覺得很後悔，畢竟每人的口味喜好不同，我看他們留在桌上，未動分毫，覺得自己做了一件傻事。

下午參訪北藝大美術館、戲劇廳、音樂廳、電影院、專業展演廳館等，也是眼界大開，不愧是培養藝術、演藝人才之所，有些設備令普通大學望塵莫及。約15時半在美術學院，詩人們與學生舉行約一小時的對談。學生因為學藝術，所以對「根」之來源的探究，就比一般學生熱絡。同學問詩人如何改變世界、改變現實。英國的Agnes說，敵人如果有槍，一顆子彈只能打一個人，而她的筆卻可以傳達10萬人，她用詩改變世界。狄更斯不是用筆改變倫敦了嗎？「我愈生氣，寫詩愈多！」她回答。談起寫難民詩時，因親眼目睹戰爭殘忍，她一度哽咽，說不下去了。Khedija呼應著說：「學習正確的，相信自己會改變。」

「藝術如果不被認同怎麼辦？」同學問。針對這點墨西哥的Margarita以及印度的Bina都提出了看法。每一個國家人民的認知不同，而曾經騷動的事，時間久了都會淡忘，但請不要忘記希望，繼續努力。Margarita說朗讀詩如火山爆發，會震撼人心。

「翻譯的詩，是否與原意一樣呢？」有同學問道。摩洛哥的Dalila在回答這問題之前，她念了阿拉伯文及英文的〈小時候〉：「小時候，他們教我，但他們忘了／上帝沒有在我的命運書頁上註明女性」。Dalila說：「我不懂中文，但我覺得李老師在翻譯我這首詩時，他與我的感受是相同的。」美麗的Dalila，真情流露，一身淺藍服飾，顯露出她高雅的氣質。

當場，林鷺朗讀Dewdrops的〈印度〉詩。她告訴同學說，去印度曾歷經生死邊緣，但是還是很喜歡印度的神祕之旅，有機會還想再去。

學生中有一位是從秘魯來的留學生，她很興奮與阿根廷Ricardo以西班語談話；有半台灣血統的烏拉圭口譯人員乃美也加入，很像與家人重逢般喜悅。

天色已暗，約17時半左右，在人文廣場，張德本吟台灣詩，對於台灣多舛的命運，吟唱世界的民主，世界的海鯨，台灣何時能脫穎而出，感到無奈與焦躁。「救台灣　愛台灣　台灣是子孫的希望／救台灣　愛台灣　台灣是子孫的將來」，高亢激昂的歌，穿插小火車頭前進音響BonBon，頗具情境效果。最後的壓軸戲是行事低調的Angelo又以歌唱展現他熱情的一面。在戶外聆聽這渾厚如歌劇般的聲色，真是一大享受。

事後，聽同學說，能參加這次的座談，實在太棒了。同學只不過拋出一個議題，詩人們便紛紛提出意見、想法，來為同學解答，真是受用無窮。

約近19時在學校的達文士餐廳享用自助餐式的晚餐。望著

佳餚美景，不知為何，突然想喝紅酒與詩人們乾杯，想是心情
太好之故吧？

　　9月24日（日）行程上寫著「忠寮社區桂花樹地名重現計
畫植樹活動、石橋仔內、三芝、白沙灣吟詩」。在納悶的當
下，聽友人說是李老師的故鄉。嘿！在老師的故鄉植桂花樹？
這構思太有創意了。

　　果然行約半小時，車子便在一個綠林小徑中停了下來。
只見彷彿全村的人都來參加這祭典似的，大大小小、男女老幼
圍在這叫桂花巷的地方。遮陽的帳棚裡已擺滿椅子，等我們入
座。台前帳布掛滿了每位詩人的照片並點出種樹所在位置。只
見主持人及村民熱絡的與李老師打招呼，並說難得有眾多的國
際詩人來此參加活動，平時如要
見這些國際詩人恐怕要花費幾百
萬。此次主要是社區想回復昔日
桂花飄香的時代，把雷劈枯寂的
百年老桂樹再復育起來，故舉行
此植樹儀式。這忠寮里的村民能
有如此共識，足感心。

植樹報到一景

　　似乎來了不少教育界重量級人士，其中不乏媒體也來採
訪。整個帳篷熱鬧滾滾，大家彷彿在辦喜事般；詩人們也感
染了這喜悅，迫不及待要動手栽植桂花樹。Margarita以年長
代表國際詩人，與社區人士共同鏟土植栽百年欲復育的桂花
樹。Margarita的女兒好高興，拚命為母親鏟土的美姿拍照，

Margarita拿著鏟子挖土，歡喜得似乎年輕不少。

詩人們紛紛往自己的區域移動，小徑兩排桂花樹已被植好，但還是可以鏟土堆高、覆土、蓋土，眾人把剛從帳布上摘下來的照片名牌掛上桂花枝幹並簽名留念，顯得很有成就感。Dalila在桂花旁朗詩，印度Sujit夫婦笑咪咪拿著鏟子撥動，彷若回到童年時光。我則與淇竹相約，十年後，再來看桂花樹。

結束植樹活動，便被熱烈招待到後寮區吃湯圓、草仔粿、紅豆粿，飲自製桂花茶，與村民同樂，享受鄉土風味，也是深情交流。外國人努力用筷子夾湯圓，一次、再次、三次失敗，進而成功的歡呼聲，給村民小孩無疑是很大的鼓勵作用。Angelo回饋村民，起身獻唱；Sujit的夫人手舞扭腰，乃美也加入，接著一群年輕的口譯學生也跳入行列，青春年華正High的時刻，音樂嘎然而止，大家不約而同大笑起來，一場歡樂會便此告一段落。

與詩人淇竹相約10年後再看桂花樹

吃湯圓學拿筷子
（左美國詩人Khedija 右英國詩人Agnes）

　　已近中午時分，車停至大埤頭石牆仔內，即李魁賢老師故居。一下車便見小時候玩的九宮格，還有類似捉迷藏遊戲的三合庭院，很是訝異。

　　房子面對大屯山，繞以石牆、綠樹、花草，古色古香的磚頭，古老門牆，在在記載歲月的痕跡。門聯的詩頗具雅趣，抄寫如下：

　　老樹老友老房子／石牆石頭石蓮花／（橫批）枕流漱石
　　居靈山

　　此時腦裡不禁浮起夏目漱石來。這位本名叫夏目金之助的日本國民作家，如果旅行來到這裡的話，看見這副對聯橫批，一定也會莞爾會心一笑吧？諾貝爾文學獎候選人的提名紀錄懸掛壁上，感覺老師的文學光芒，讓這塊壁也生輝。據李老師的祖譜記載，祖先自1751年（清朝乾隆16年）便來台，不久即定居淡水，到他這一代魁字輩為第八代。來台第三代祖先即開始因獲科名監生，嗣後數代考取文武秀才、舉人共九位（文秀才2位，武秀才4位，文舉人1位，武舉人2位），耕讀傳家，很早就修族譜，建築祖廟，所以保存較完整記載，在淡水根基已逾260年。不愧是書香之家，祖先出秀才，怪不得屋頂兩旁勾起特殊燕尾脊。

　　李老師說從天祖山石公，經高祖、曾祖、祖父、父叔輩，到他這一代，已歷經五代。當時砌造房子時，三合院周遭以溪

石疊成牆，牆外有護牆河，正門設樓門，設起卸式木橋，白天放下，成為出入要道，入夜吊起，防不速之客隨意闖入。不過因歲月摧殘，如今護牆河已被填平。

能拜訪老師的故居，由老師當嚮導解說，沒有比這個更令人興奮的事。大夥兒紛紛照相留念。正門旁的歡迎詞「歡迎詩人李魁賢率領詩人及工作團隊回鄉指導」也成了看板，一一入鏡。

中午便在「石牆仔內李家」護龍樓上餐廳用餐。四周景色迷人，鄉土料理也很豐派，可惜，個人因另有他事待理，無法與詩人們再繼續走完交流之旅，在此便與大家say good bye。雖然不捨，但期待下回相聚。所幸，玉芳及瑞玲陸續加入，好戲正當頭。

往後的行程如網路上及秀珍所述，至石槽海岸咖啡廳臨海吟詩，25日訪雲門劇場，在大樹書房朗詩；參訪滬尾砲台，至左岸十三行博物館等，回程時車上碧修與林鷺〈阮若打開心內的門窗〉的歌聲，迴盪在車上與網路上，心已神遊。26日，也是最後一天之旅，團隊往竹圍工作室、殼牌倉庫展出的〈淡水100個視角詩畫展〉、龍山寺、玻璃詩書寫，想書寫詩的情景一定是百感交集吧？因為接下來便是閉幕式，互道珍重再見的時刻。

在網路上聽見外交部陳孝晟引用富蘭克林的話語致詞，覺得很有意思，記之如下：「如果你告訴我，我便不會忘記；如果你教我，我便會記住；但是如果你讓我參與，我便會生生世世記住這一刻。」是的，2017的淡水福爾摩莎國際詩歌節，

除了淡水文化基金會大力投入外，國立台北藝術大學、淡江大
學、真理大學、北投文化基金會、竹圍工作室及淡水社區大學
等的共同參與，在李老師與世界詩人運動組織PPdM密切聯繫
及年輕工作團隊努力之下，才有如此生動、磅礡交流之旅。雖
說「天下無不散的筵席」，但無疑的，淡水風光、美食、人文
景觀及歷史古蹟，必定在詩人詩篇中留住精彩的一頁。

　　王昶雄的〈阮若打開心內的門窗〉，就會看見故鄉的田
園、青春美夢。淡水成為詩的故鄉美夢，指日可待。再見
了，國內外朋友——Saraba！

《福爾摩莎詩選・2017淡水》2018.3

出處：YouTube

2017.9.22——陳明克《小船》譜曲演唱

〈2017淡水福爾摩莎詩歌音樂會〉

後　跋

　　《時光皺褶》是我第三本詩集。第一本詩集《風鈴季歌》是2007年出版，2012年《水果之詩》是第二本，十一年後，才出版這本詩集。

　　其實我寫詩的年齡很早，第一次被刊登的詩是〈你〉，描寫一位鄰家女孩的事，那首詩早已散失，連刊登在哪裡──是台灣新聞報的西子灣呢？還是屏東女中校刊？都不知。時間就是那麼無情，你如不好好珍惜，它便會扭曲甚或抹殺你的記憶。雖然中學時期便寫詩，但天性散漫，沒積極去經營，在時光的皺褶之下，喜詩的心情雖未改變，不過人已滄桑；歲月不饒人，年輕時因現實環境，為生活南北奔波，不得不捨棄夢想；等到年老，想要再尋回年輕之夢，卻見兩鬢斑白、徒增傷感。想似乎再不為詩作下一番功夫的話，就真的是不帶走一片雲彩了。

　　黑格爾說：「熟知非真知」。換句話說，往往最親近、熟悉的事物，同時也是最容易被忽視和遺忘的。隨著年齡以及歷練，勾起內心深處的感動、震撼，不也就是來自這些嗎？2022年，屏東大學大武山學院賀瑞麟副院長主持的《地方與經驗》（「Place and Experience」Jeff Malpas著）讀書會裡，11月

11日在劉育忠教授的導讀下，第一次認識了法國哲學家德勒茲（1925-1955）。他說：「皺褶有兩個方向，一個是物質平面，一個是世界在靈魂中的皺褶。」頓時，生命中的皺褶像魔咒般在體內發酵、擴散。儘管皺褶存在於差異與重複性、甚或扭曲變形和分歧點，生命的本質仍是未變。如何將生命成長過程之解壓縮檔案攤開，需要時光的掃描。

　　誠如大西克禮所著《侘寂》一書內文所寫的「天地間不斷的變化，成為文學的原點。」文學可以定格生命的流動，萬物雖因時間而老醜劣化，文學卻可以將劣化昇華為美感。如何為台灣文學注入美感的風雅，想還有一段路要走。

　　《時光皺褶》詩集裡，收集自1997至2023年寫的詩，含俳句小詩（11首）共80首。內容共分為「驚蟄」、「化為千風」、「台南／淡水福爾摩莎國際詩歌節」、「俳句‧小詩」及「福爾摩莎國際詩歌節紀聞」等五大部分，除了卷五是紀聞外，其餘皆為新詩。《鹽分地帶文學》雙月刊的總編輯林佛兒，在世前曾出版詩與攝影的作品集《鹽分地帶詩抄》，他對文學及攝影的熱愛，無形中也感染到我這個後輩。詩集中放置的照片，可以說是受到林佛兒的影響。

　　在此感謝岡﨑郁子教授、詩人曾貴海醫師及好友李若鶯老師的序文，有他們的評論，使得這本詩集有了份量，同時也是鞭策我繼續創作的原動力。留日期間北海道龜田郡的寄宿家庭庭山啟子母親，岡山大學的鄭正浩老師及指導教授赤羽學一直是背後推動我走入文學殿堂的無形推手。赤羽學教授於2021

年4月去世，時值武漢肺炎COVID-19橫行，無法赴日為他獻香，謹此敬謝老師教誨之恩並祈冥福。

末了，感謝詩人李魁賢老師的引薦及大學同事、好友以及學生奕萱的協助，本書才能順利出版，在此一併致謝。

2023.4　於潮州

《時光皺褶》篇目發表索引

卷一　驚蟄

篇目		發表期刊／備註
驚蟄		《大紀元》2019.3.26
讀春		《中華日報》2018.4.23
木棉樹		
茄苳瘤舞		
猢猻樹		
阿勃勒		
魔術餐旅		《鹽分地帶文學》第73期
鳳凰花開		《鹽分地帶文學》第104期
椰子的滋味		
颱風四首	海棠南太平洋半島悲歌	《台灣文學評論》第7卷第4期
	麥德姆夏雨	《中華日報》2016.10.12
	莫蘭蒂颱風	《中華日報》2016.12.16
	梅姬胖颱風	《中華日報》2016.10.12
雲與山的邀約──記河口湖景──		《大紀元》2020.4
夏祭		《鹽分地帶文學》第104期
雨之語		《大紀元》2021.6.22
二峰圳物語		
燒烤鯨魚		

卷二 化為千風

篇目	發表期刊／備註
化為千風 護阮家園 ——記許昭榮自焚事件——	《台灣文學評論》第8卷第4期
Turn into a thousand winds, protect our homeland—Memorial to Xu Zhao- rong self-immolation—（英文）	Poetry Road Between Two Hemispheres《兩半球詩路》2017.10
Conviértase en Mil Vientos, Proteja Nuestra Patria—Conmemorativo a Xu Zhao-rong lo mismo, inmolación—（西班牙文）	Poetry Road Between Two Hemispheres《兩半球詩路》2017.10
人權素描 ——讀如嬰《台灣奮起之歌》	《鹽分地帶文學》第20期
安息吧大地 ——哀世權悼我弟兄——	《笠詩刊》第273期
退化	《鹽分地帶文學》第42期
筆祭	《鹽分地帶文學》第52期
物語心靈——禮納里部落巡禮——	《鹽分地帶文學》第57期
±2℃	
生病的父親	《鹽分地帶文學》第66期
許是記憶深處	
虛擬情境	《台灣時報》2007.10.11
挑戰——夢與非夢——	《詩情海陸》2016年淡水福爾摩莎國際詩歌節2016.9
Challenge: dream and non-dream（英文）	《Poetry Feeling in Sea and land》Formosa International Poery Festival in Tamsui,Taiwan,2016-9

篇目	發表期刊／備註
那夜　我在屏東燈會	《老人文學》第12期
日本東北之旅 ——陸前高田市〈奇蹟之松〉——	《中華日報》2017.9.25
松島	《中華日報》2017.9.25
島越站訪宮澤賢治詩碑	《鹽分地帶文學》第71期
浪江町μsv	《鹽分地帶文學》第71期
殘夏最後的火花 ——悼黛安娜王妃——	
悼黃靈芝　杜潘芳格 ——來自土地的呼喚——	《鹽分地帶文學》第64期
回憶與你在天空下的日子 ——悼同事朱素玥老師詩之一——	《中華日報》2018.3.15
把你的名字寫入淡水天空 ——悼同事朱素玥老師詩之二——	
口罩之外	《中華日報》2020.7.24
口罩之秋	
戴口罩	
把門打開	《中華日報》2021.1.25
幸福	
幸福的感覺	
與惡／俄之距離	
Distance from Evil / Russian（英文）	
烏克蘭　我們能為你做什麼	
記憶門扉	

卷三　台南／淡水福爾摩莎國際詩歌節

篇目	發表期刊／備註
潟湖落日朗詩	《鹽分地帶文學》第60期
九月鳳凰花開	《中華日報》2015.12.18
走訪七子碑	《中華日報》2015.12.18
南海清唱　山本柳舞	《中華日報》2015.12.18
詩之氣根	《中華日報》2015.12.18
淡水海上詩旅	《中華日報》2016.11.15
大樹書房——延伸故鄉的深度——	
紅樓夜未央 ——今夜的Tamsui很希臘——	
真理大學大禮拜堂 ——如果讓上帝引導你——	
淺水灣 ——海岸記憶著旅人漂泊的心情——	
驚鴻一瞥	《福爾摩莎詩選‧2017淡水》2018.3
乾杯　Tamsui	《福爾摩莎詩選‧2017淡水》2018.3
桂花巷	《福爾摩莎詩選‧2017淡水》2018.3
桂花情	《福爾摩莎詩選‧2017淡水》2018.3
閱讀九月Tamsui	《福爾摩莎詩選‧2017淡水》2018.3
憶淡水	《福爾摩莎詩選‧2017淡水》2018.3
淡水行歌	《福爾摩莎詩選‧2017淡水》2018.3
殼牌倉庫	《福爾摩莎詩選‧2017淡水》2018.3

卷四　俳句・小詩

篇目	發表期刊／備註
俳句11首	
世事	
冬至	
母親的日日草	
泰武鄉耶誕節	

卷五　福爾摩莎國際詩歌節紀聞

篇目	發表期刊／備註
繆斯之旅	《鹽分地帶文學》第60期
2016淡水福爾摩莎國際詩歌節紀實	《福爾摩莎詩選・2016淡水》2017.1
我思　我見　我聞	《福爾摩莎詩選・2017淡水》2018.3

含笑詩叢26　PG2946

 時光皺褶
　　——東行詩集

作　　者	東　行
責任編輯	陳彥儒、廖啟佑
圖文排版	陳彥妏
封面設計	吳咏潔

出版策劃　釀出版
製作發行　秀威資訊科技股份有限公司
　　　　　114 台北市內湖區瑞光路76巷65號1樓
　　　　　電話：+886-2-2796-3638　傳真：+886-2-2796-1377
　　　　　服務信箱：service@showwe.com.tw
　　　　　http://www.showwe.com.tw
郵政劃撥　19563868　戶名：秀威資訊科技股份有限公司
展售門市　國家書店【松江門市】
　　　　　104 台北市中山區松江路209號1樓
　　　　　電話：+886-2-2518-0207　傳真：+886-2-2518-0778
網路訂購　秀威網路書店：https://store.showwe.tw
　　　　　國家網路書店：https://www.govbooks.com.tw
法律顧問　毛國樑　律師
總 經 銷　聯合發行股份有限公司
　　　　　231新北市新店區寶橋路235巷6弄6號4F
　　　　　電話：+886-2-2917-8022　傳真：+886-2-2915-6275

出版日期　2023年9月　BOD一版
定　　價　300元

讀者回函卡

國家圖書館出版品預行編目

時光皺褶：東行詩集/東行著. -- 一版. --
臺北市：釀出版, 2023.09
　面；　公分. -- (含笑詩叢；26)
BOD版
ISBN 978-986-445-842-4(平裝)

863.51　　　　　　　　　　112011160